EL PASADO
DE JULIA

RAQUEL RUEDA

Título: El pasado de Julia.
© 2022, Raquel Rueda.
De la cubierta y maquetación: 2022, Roma García.
De la corrección: 2022, Raquel Rueda.
ISBN: 9798823918725
Sello: Independently published

Reservados todos los derechos. No se permite la reproducción total o parcial de esta obra, ni su incorporación a un sistema informático, ni su transmisión en cualquier forma o por cualquier medio (electrónico, mecánico, fotocopia, grabación u otros) sin autorización previa y por escrito de los titulares del copyright. La infracción de dichos derechos puede constituir un delito contra la propiedad intelectual. El copyright estimula la creatividad, defiende la diversidad en el ámbito de las ideas y el conocimiento, promueve la libre expresión y favorece una cultura viva. Gracias por comprar una edición autorizada de este libro y por respetar las leyes del copyright al no reproducir, escanear ni distribuir ninguna parte de esta obra por ningún medio sin permiso.

Mamá, esta novela es para ti

CAPÍTULO 1
LA ESPECIALIDAD DE LA CASA

Julia

Entro en casa y me siento en el sofá. Mi mirada recorre la habitación en busca del mando a distancia. Enciendo mi pequeña y vieja televisión intentando encontrar algo que ver, pero mis intentos son en vano, así que la apago. Con mucha pereza me quito los zapatos. Me duelen las piernas de tanto estar de pie en el trabajo... esos zapatos que la empresa me ha ofrecido no son muy cómodos.

Con dolor en las plantas de los pies voy hasta el baño, sin ganas, soltándome el moño que me recoge el largo pelo castaño que tanto me ha costado mantener a raya todos estos años.

Enciendo la luz y me miro al espejo con cara asqueada. Me froto los ojos y me lavo la cara.

Tras mi visita al baño, me pongo las zapatillas de andar por casa, apago la luz y me dirijo a la cocina. «¡Malditos pies!», pienso mientras abro la puerta del frigorífico. Saco una botella de cristal con zumo de naranja y me dirijo de nuevo al salón.

Cuando ya estoy sentada de nuevo en el sofá, no muy cómodo, por cierto, me doy cuenta de que me he olvidado de coger un vaso… pero ya da igual, beberé directamente de la botella. El zumo está muy ácido, hecho que hace que ponga cara de chupar limones. Apoyo la cabeza en el respaldo y de lo cansada que me encuentro, me quedo traspuesta.

Al poco tiempo me despierto por culpa del teléfono fijo… ese que hace mucho que no suena. Por un momento, dudo si cogerlo, pero al final contesto:

—¿Sí?...

—Hola Julia. Soy Pedro. ¿Qué tal estás?

Mi mirada se pierde en la nada intentando dar una explicación a lo que está sucediendo. ¿Cómo una persona que me ha dejado tirada como una colilla puede llamarme después de tanto tiempo como si nada hubiera pasado?

—Julia… ¿estás ahí? —repite Pedro con confusión.

—Sí, sí… perdona. Pues como siempre, y ¿tú?

—Bien, pero ese «como siempre» no suena muy convincente. ¿Quieres quedar y hablamos de cómo nos va la vida?

No doy crédito a lo que estoy escuchando al otro lado de la línea telefónica, pero tengo que dar una respuesta rápida y concisa.

—Sí, por supuesto. ¿Cuándo quieres que nos veamos?

—Pues esta misma noche. Si te viene bien, claro…

—Vale.

—Pues a las diez me paso por tu casa. Además, seguro que recuerdas cuál es mi cena favorita. Hasta luego, guapa.

¿Con qué derecho me habla de esa manera después de tanto tiempo? No me da tiempo a reaccionar a su última contestación porque, inmediatamente, Pedro cuelga el teléfono.

Me siento confusa. Son las ocho de la tarde y estoy agotada. Últimamente ese trabajo en *Federico*, el restaurante italiano más laureado de todo el pueblo, me tiene agotada. Normalmente, no salgo de la cocina hasta las seis de la tarde, pero por suerte hoy libro por la noche, como todos los miércoles. Por suerte… o por desgracia, ya que me tengo que enfrentar a uno de mis mayores miedos: reencontrarme con Pedro.

En ese momento, me arrepiento de haber cogido el teléfono. ¿Por qué quiere quedar hoy mismo? ¿Qué prisa tiene? Los nervios se apoderan de mí y, rápidamente, voy a la cocina a prepararme una tila.

Mi cocina no es muy grande, más bien es pequeña… pequeñísima; pero bueno, yo me apaño así. Además, el dinero que gano en el restaurante tampoco es suficiente para alquilar algo mejor. La cocina tiene un frigorífico con los mismos años que Matusalén y los centímetros de encimera justos como para cocinar con una comodidad rayando lo decente, el microondas y la vitrocerámica. No tengo lavavajillas, pero mi consuelo es que tengo horno y tampoco se le puede pedir peras al olmo.

El tiempo se me hace eterno y mira que solo es calentar un vaso de agua. Movida por mi propio nerviosismo, voy a coger el móvil, que está en la mesita del salón. Me doy cuenta de que tengo un *WhatsApp* de mi amiga Ana.

Chiquiii! ☺ Hoy libras no?? Nos vemos luego??

Leo el mensaje con exasperación y me doy cuenta de que tiene hora de llegada: las 19.03. Los nervios van en aumento cuando me pongo a pensar todo lo que ha acarreado el hecho de haberme quedado dormida y no haber leído el mensaje de Ana antes. ¿Qué podría contestarle ahora a Ana después de todo lo que pasó con Pedro? Ella me mataría si se enterase de que hoy voy a cenar con él en casa.

Por un momento, pasa por mi cabeza el hecho de contestar a Ana, quedar con ella y olvidarme de mi cita con Pedro… pero, por otro lado, la curiosidad y la necesidad de respuestas pesan más en la balanza. Tales pensamientos han cegado tanto mi mente, que ni me he dado cuenta de que el microondas ya ha pitado. No puedo dejar de dar vueltas por el salón buscando una solución a todo lo que está pasando. Vueltas y más vueltas a la cabeza… ya hasta me duele.

—¡¡¡Basta!!! —me sorprendo gritando.

Esta situación ya está llegando a límites insospechados y sigo sin saber qué contestar a Ana. Desde que la conozco nunca le he mentido y me causa un gran daño tener que hacerlo ahora, aunque sea del todo necesario.

La primera vez que la vi fue en el supermercado que estaba más cercano a mi casa. Ana es la carnicera y mi asidua presencia por allí para comprar la carne del restaurante hizo que entabláramos una gran amistad. Muchas veces, cuando cerraba el supermercado, era la misma Ana la que me acercaba el pedido hasta *Federico*. Charlas sobre hombres, sexo, menstruaciones y varios «tierra, trágame» habían hecho que fuéramos inseparables. Por eso, sé que a ella le puedo contar cualquier cosa, pero no sé si esto debería.

«¿Qué dudas? ¡Por supuesto que se lo contaré… pero mañana cuando tenga realmente algo que contar! ¡Decidido!».

Chiquiiii! 😊 Acabo de despertarme… estoy agotada! No había visto el mensaje. No creo que pueda moverme, tengo los pies machacados… Cenaré algo ligero y me iré a la cama. Mañana nos vemos… PROMETIDO! 🙈

Cuando acabo de escribir el mensaje, me doy cuenta de que he dejado la tila en el microondas. La recaliento y, un minuto y medio más tarde, está abrasando, tanto que los cristales de mis gafas con poca graduación se empañan al soplar. Cojo la tila con la yema de los dedos y como si de un maratón se tratase voy a dejarla en la mesita del salón. Pero cuando levanto la vista, me doy cuenta de lo desastrosa que está la casa. Tengo que ordenarla seriamente y con bastante rapidez, ya que son las ocho y media.

Los muebles son de ocasión, nada del otro mundo, y que conste que no me quejo. Siempre he sido una chica muy conformista en cuanto a lo material. He hecho de este pequeño habitáculo mi hogar y me siento muy orgullosa.

Me termino la tila a toda prisa, tanto que mi garganta comienza a arder. Me recojo la melena castaña en un moño y empiezo a ordenar todo. Coloco los libros en la estantería, recojo algunas prendas de ropa que hay por allí tiradas y mullo los cojines. Después, me dirijo a la cocina y saco una cazuela para poner el agua a hervir. Tengo que preparar su cena favorita…

Todo empezó cuando tuve que ir al cine de verano con mi sobrina, Lucía. Ella había insistido mucho para ir a ver *La dama y el vagabundo* ya que era su película favorita. Yo fui encantada porque también es la mía y allí me dirigí con mi preciosa pelirroja de ojos castaños. Teníamos que ir pronto porque se llenaba enseguida, así que preparé unos bocadillos, algo de abrigo y unos cojines para estar más cómodas.

Lucía es tan activa como su madre. Marta, mi hermana, trabaja en una residencia de la tercera edad; por desgracia, le había tocado trabajar todas las fiestas en el turno de noche.

Sonaban petardos por la calle y Lucía no dejaba de pedirme que le comprase alguno a lo que yo siempre me negaba.

Con un breve paseo, llegamos a la plaza en la que ya estaba puesta la pantalla gigante. Ya estaba casi lleno de gente, así que ante la mirada de todos fui arrastrada por mi sobrina para llegar lo más adelante posible.

Allí es donde por casualidad conocí a Pedro. Él había ido también con su sobrino, Lucas. Cuando los dos niños se juntaron, aunque no se conociesen de nada, no quedó más remedio que hablar con ese hombre que acompañaba al niño de ojos verdes.

—¡Hola! —expresó el chico muy cordialmente.

No esperaba aquel saludo, ya que no lo conocía de nada; pero, era evidente que tenía que responder a su saludo, al menos por educación.

—Buenas noches —contesté algo cortante.

—Parece que va a hacer bueno…

—…

«Si pretende comenzar una conversación conmigo de esa manera lo lleva claro», pensé en ese momento mirando a ese absoluto desconocido.

—Soy Pedro, encantado.

—Julia —contesté.

—¿Eres de aquí?

—Sí —respondí de nuevo sin dejar de vigilar a mi sobrina y deseando que empezara la película.

—Yo no...

—...

«¿Quién le habrá preguntado a este hombre de dónde es? ¡No me importa!», pensé realizando una mueca con los labios, una característica muy personal cuando pierdo la paciencia.

—¿Trabajas?

—Sí.

—Yo trabajo de comercial.

—...

—Y ¿tú? —preguntó Pedro sin importarle mi bordería.

—En un restaurante —respondí sin querer dar más datos de donde trabajaba... Nunca se sabe con quién se está hablando.

—¡Qué interesante! ¡A mí me encanta comer!

«Bueno... Julia, me da que vas a tener que aflojar un poco... parece un buen tío», pensé sonriendo.

—Y ¿cuál es tu comida favorita? —respondí con una sonrisa en los labios.

—Absolutamente toda, pero la italiana la que más —dijo emocionado Pedro tras ver la sonrisa que implicaba una receptividad por parte de ella.

Iba a contestar, pero los gritos de emoción de mi sobrina me alertaron de que ya iba a comenzar la película.

El agua hirviendo me hace volver a la realidad. Echo sal y los *spaghetti* para cocerlos y me dispongo a preparar las albóndigas. Saco la carne picada del frigorífico y la aderezo como suelo hacerlo en el restaurante. Es una receta familiar que ha sido puesta en la carta de *Federico* ante la insistencia del dueño, ya que le encanta el sabor que tiene. De hecho, mis *spaghetti* con albóndigas son lo más solicitado del restaurante.

Seguidamente, marco las albóndigas en una sartén y preparo una cazuela enorme con tomate triturado. Cuando he terminado de marcarlas, dejo la salsa de tomate haciéndose lentamente al fuego mientras me ducho.

Me quito las gafas y el coletero que me sujeta el pelo, y me miro en el espejo. Mis ojos marrones verdosos están muy rojos, probablemente del cansancio acumulado… tendré que comprar lágrimas artificiales. Me desnudo y me meto en la ducha.

¿Quién podría pensar que dos personas pueden empezar una relación, de amistad o lo que sea que fuese que tuve con él, por unos *spaghetti* con albóndigas? Después de unos meses bastante intensos todo salió bastante mal, así que Pedro, sin mucho criterio, decidió dejar de hablarme. No tuvo justificación alguna pero esta noche a las diez se la pediré de una vez por todas.

Salgo de la ducha con una toalla en la cabeza y compruebo que la salsa ya está en su punto perfecto. Termino de dar los toques maestros a la receta y mezclo todos los ingredientes. Lo dejo en el horno para gratinar con queso parmesano a última hora y me dirijo a la habitación.

Allí abro el armario y, como es costumbre, no sé qué ponerme. Opto por unos tejanos y una camiseta básica negra. No quiero demostrar que me he arreglado para él después de lo ocurrido. Me siento de nuevo en el sofá y miro la hora: son las 22.05… Se retrasa. De repente, suena el timbre.

Me despierto de golpe. Me siento algo desorientada. Miro la hora y veo que son las ocho y diez de la tarde. Pero, ¿he soñado con Pedro? Creía que lo tenía más que asumido, pero a veces el subconsciente traiciona. Estaba a punto de tener mi respuesta, pero tengo que asumir que nunca la tendré. Lo que me ha despertado es el sonido del móvil: en la pantalla iluminada aparece el nombre de Ana.

Me levanto del sofá con el teléfono en la mano y comprendo que el restaurante *Federico* me trae demasiados recuerdos, sobre todo cuando cocino la especialidad de la casa.

CAPÍTULO 2
EL SECRETO DE ANA

Ana

—¿A la hora de siempre? —pregunta Julia entusiasmada.

—Sí, pero hoy se te ha pasado llamarme... ¿eh? ¿Te has quedado dormida otra vez o qué?

—Pues sí. Estoy agotada... Pero vamos, ¡que no te libras de mí ni de coña!

—Pues a las diez quedamos en la terraza del lago. ¡Hoy me apetece ir allí! —contesto con entusiasmo.

—Luego nos vemos entonces, chiqui. ¡¡Un beso!!

—¡¡Muaaas!!

Guardo sutilmente el móvil en el bolsillo de mi uniforme de trabajo mirando alrededor y comprobando que el encargado no me haya visto utilizándolo.

Aparecieron tres clientes. «¡Toda la tarde aquí aburrida y ahora a trabajar como una mula por la gente que lo deja todo para última hora!», pienso enfadada.

Un kilo de salchichas y dos de alitas de pollo: ese es uno de los pedidos. Me ajusto el gorro que estoy obligada a ponerme y cojo el cuchillo. «Este maldito gorro hará que mi pelo se vea aún peor», pensé angustiada. Ya hace unas semanas que noto que mi cabello rubio tiene una pésima calidad y se me cae más de lo normal.

Acabo de atender a los clientes y me dispongo a limpiar las cámaras y los utensilios que he utilizado. Quedan veinte minutos para las diez y no sé si llegaré a tiempo a la cita con Julia. Tengo muchas ganas de verla; es mi más fiel confidente y con la única persona que me siento cómoda.

Hace mucho que ni siquiera veo a mi familia, aunque mi madre me llama constantemente para que acuda a las comidas familiares de los domingos... Últimamente me agobian mucho ese tipo de reuniones sociales así que trato de evitarlas a toda costa.

Dejo todo en su sitio y voy al vestuario a cambiarme. Abro la taquilla gris y saco la ropa, aquella con la que he acudido a trabajar. Cada vez soy más dejada a la hora de vestirme; no me apetece nada arreglarme y siento que la ropa no me queda bien. Lo mismo me pasa con el uniforme del trabajo. Dentro de poco tendré que pedir una talla más.

Me termino de cambiar, pongo el uniforme en la percha y cierro la taquilla. Me aproximo al lavabo, me lavo las manos y sacando del neceser un peine me dispongo a peinarme mirándome al espejo.

—¡Menudas ojeras! ¡Das asco, chica! —me digo a mí misma—. Además, ¡menudo pelo, maja! ¡Menudo desastre!

De repente, mi discurso se ve interrumpido por la entrada de otras compañeras en el vestuario. «Espero que no me hayan oído», pienso avergonzada. Entonces, corriendo, meto el neceser en el bolso, me lo cuelgo al hombro y salgo del vestuario ante la mirada inquietante y penetrante de las demás trabajadoras. Siento que hace unas semanas me miran como si tuviera monos en la cara… o en el cuerpo, porque menudos repasos me hacen con la mirada.

Salgo por la puerta trasera del supermercado y compruebo la hora en el teléfono móvil: son casi las diez. Abro el *WhatsApp* y escribo a Julia:

> Estoy saliendo chiqui!! En nada estoy!! 😐

La terraza del lago está muy cerca, pero hoy, más que nunca, se me está haciendo eterno el camino. A lo lejos ya veo a Julia sentada en una de las mesas. Está guapísima. Se ha dejado el pelo suelto y va con el vestido rojo que le sienta tan bien.

Cuando llego a la mesa me siento de golpe en la silla y suspiro.

—Estaba esperándote para pedir. ¿Qué quieres?

—No sé, chiqui… Me ha dado un bajonazo… La verdad es que estoy un poco mareada y no me apetece tomar nada —explico soltando un gran suspiro.

—¿Quieres que te acompañe a casa y cenamos allí? —me pregunta Julia bastante preocupada.

—Sí, por fa…

Así, tan rápido como me he sentado, me tengo que levantar. Me siento muy mal, muy cansada… pero no quiero preocupar a Julia.

Nada más llegar, dejo el bolso en el sofá y me tumbo de golpe.

—Ana, voy a por mis cosas. No pienso dejarte sola estando tan mal. ¡Me niego! —reitera Julia.

—Vale, vale... —afirmo mientras temo que Julia descubra el motivo de mi debilidad.

—Pues ahora vengo, chiqui.

Me quedo sola en mi apartamento. Un acogedor apartamento lleno de cachivaches que he ido heredando de mis antepasados. Que si un cuadro, una muñeca de porcelana, un reloj de pared... Sin pensarlo dos veces, me incorporo sentándome en el sofá y saco un paquete de tabaco del bolso. Con el mechero en la otra mano intento prender el cigarro, pero de repente me empieza a temblar el pulso. Me entra miedo. Suelto de golpe el mechero y, por un ataque de rabia, rompo toda la cajetilla: cinco euros tirados a la basura.

Me levanto y, con un mando que está sobre la mesa de la televisión, enciendo la minicadena. Suena la canción *The weakness in me* de Joan Armatrading. Me encanta esa cantante y, sobre todo, las canciones de los setenta y los ochenta. Esta melodía y esta letra me traen muchos recuerdos. Y, como si de una casualidad se tratase, suena el teléfono. Es un *WhatsApp* de Luis, un chico con el que había estado saliendo esporádicamente hace más de un mes y con el que ya no tengo ningún tipo de relación. La última conversación que tuvimos, me dejó muy claro sus sentimientos y sus intenciones... Aunque al menos yo le fui sincera.

—¿Entonces se acabó? —pregunta Luis preocupado.

—Sí.

—¿Puedo saber por qué?

—Porque no me das lo que necesito y creo que lo más importante es que yo me encuentre bien... por mucho que parezca egoísta – respondo tajante.

—¿Qué es lo que necesitas? No te entiendo, de verdad.

—Necesito una persona que esté a mi lado cuando esté bien y también cuando esté mal. Necesito una persona que me quiera y que esté dispuesta a dar un paso más. Tú no eres esa persona y me lo has demostrado, sobre todo los últimos días.

—Pero ¡Ana! —sigue diciendo Luis interrumpiéndome— ¿No habíamos quedado en que no habría sentimientos entre nosotros?

—Sí, pero las cosas se dan así.

El sonido de otra melodía mucho más animada, la de *The way you make me feel* de Michael Jackson, me devuelve a la realidad. La conversación sigue abierta y no me he parado a leer el mensaje de Luis… ya no me interesa. Cierro la aplicación y bloqueo el móvil.

Me estoy empezando a agobiar… Apago la minicadena y me dirijo a la cocina. Una cocina bastante recogida. Para eso soy muy maniática y ahora más que nunca. Últimamente me ha dado por ordenar todo más de la cuenta. Ni siquiera sé muy bien cómo he ido a parar a la cocina.

Me paro frente al frigorífico y lo abro. Me ha entrado hambre, mucha hambre… hambre feroz. Cojo una tableta de chocolate con naranja y la muerdo como si no hubiera comido en una semana. Sé que no debo comer ese chocolate, pero también sé que necesito frenar mi ansiedad. Es tan difícil controlarla…

El móvil vuelve a sonar, pero esta vez es una llamada. Corro al salón y veo que la llamada es de Luis: no contesto. «No sé qué querrá este pesado ahora… ¡Puf, paso!», pienso agobiada.

Pero… ¿qué está ocurriendo? He comido y no lo necesito dentro de mí. Necesito ir a vomitar, necesito quitarme la culpa. Ya estoy lo suficientemente gorda como para encima empeorarlo por un trozo de chocolate. Me dirijo al baño, me arrodillo frente al váter y me meto los dedos en la boca.

Empiezo a vomitar. «¿Cómo puedo estar vomitando tanto si solo he comido un sándwich de jamón y un «poco» de chocolate?», pienso mientras me agarro con fuerza al váter.

Arrodillada todavía, escucho el telefonillo. Voy corriendo a contestar: es Julia. Pulso el botón y corriendo de nuevo me dirijo al baño para enjuagarme la boca y dar un poco de ambientador en la zona del «delito». Me siento mejor.

—Quizás no se dé cuenta... —comento en voz baja.

Julia llama a la puerta y la abro. Nos dimos dos besos y nos sentamos en el sofá. Estamos ambas muy calladas, pero el carismático carácter de Julia hace que enseguida la situación cambie.

—Ana, ¿has vuelto a hablar con Luis?

—No... ¿por qué? —respondo temerosa.

—Porque te veo muy seria y preocupada y he pensado que podría ser por eso. Ya sabes que me puedes contar lo que sea, ¿verdad? —dijo sonriente Julia.

—Sí, lo sé.

—Pues anímate, mujer. ¿Llamamos al Telepizza?

—Si te apetece... aunque no tengo mucha hambre... la verdad —exclamó tras un profundo suspiro.

—¡¿Cómo no te va a apetecer?! ¡No seas tonta!

Julia me pregunta qué pizza quiero, pero se lo dejo a su elección. Sé que después la vomitaré... Ya me siento lo suficientemente fea como para encima añadir esas calorías innecesarias.

Últimamente me miro al espejo y, aparte de la caída de pelo y mi piel espantosa, me ha crecido considerablemente la barriga. Aunque también podría mencionar el tamaño de mi enorme pandero, es colosal comparado con el de las demás chicas, tanto de mi trabajo como de las que veo por la calle.

Tras todos estos pensamientos que me estaban rondando la cabeza y mientras Julia pide las pizzas, me entra de nuevo la culpa. Quizás debería ir al baño de nuevo y hacer hueco para la cena. Eso haré. Voy de nuevo a vomitar, aprovechando que Julia está entretenida.

Al parecer, el ruido alerta a Julia, ya que cuando ya estoy de nuevo de pie, la veo delante de mí. Me apoyo en la pared con el rostro bastante pálido. Cuando me voy a refrescar la cara en el lavabo, caigo al suelo sin que Julia pueda evitarlo. Tuve la suerte de no haberme dado en la cabeza con ningún mueble, pero el choque con el suelo ha sido bastante fuerte.

Me despierto, pero Julia me obliga a permanecer tumbada con las piernas en alto hasta que llegue la ambulancia. La espera es eterna, pero pronto me tumban en la camilla y me llevan al hospital. Julia me acompaña mientras de la mano.

—Julia, tengo que contarte una cosa… —balbuceo en medio de todo el bullicio hospitalario.

—No te preocupes, chiqui. Luego me lo cuentas, ¿vale?

—Pero tiene que ser ahora…

—No hay tiempo, señoritas —interrumpe el enfermero—. Cuanto antes realicemos ciertas pruebas, mejor.

JULIA

Ana desaparece por el pasillo, tumbada en aquella camilla. Tengo los ojos vidriosos: necesito llorar. Me siento en una silla que hay en la sala de espera, en este momento casi vacía a excepción de una señora que acompaña a la que parece su madre, y estallo. Me intentaron consolar entre ambas, cosa que agradezco, pero no hay manera.

Tras unos minutos desahogándome, consigo parar de llorar. Cojo el móvil de Ana y veo que tiene muchas llamadas y mensajes de Luis. Sé que no debo meterme donde no me llaman, pero es necesario, está ingresada.

—¿Luis? Soy Julia, la amiga de Ana. Está ingresada en el hospital, se desmayó antes y…

—¡¿Cómo?! ¡¿Ingresada?! ¡¿Por qué?! —contesta histérico Luis al otro lado de la línea telefónica.

—Acércate si quieres y te explico todo.

—Ahora mismo voy. —Y después cuelga rápidamente.

Sé que Ana no me lo va a perdonar, pero no quiero estar sola en este momento y no quiero preocupar en demasía a su familia, ya que sé que la relación con sus padres últimamente es escasa.

En menos que canta un gallo, Luis aparece por la sala de espera del hospital. Está bastante agitado, aunque sigue igual de guapo. Es curioso, pero para la poca autoestima que Ana tiene, había llevado a su cama a un pivonazo moreno y con ojos azules.

Nos dimos dos besos y salimos de la sala de espera para poder hablar un poco más tranquilos y así no molestar a los demás pacientes. Vamos hablando mientras damos un paseo por el pasillo hasta la máquina de café.

—¿Han dicho ya algo? —pregunta Luis preocupado.

—No. Nada de nada.

Estuvimos bastante tiempo hablando sobre lo ocurrido e incluso barajando alguna hipótesis sobre cuál puede ser el secreto de Ana. Pero, por fin…

—¡Acompañantes de Ana García pasen por la puerta 4! – entona una señorita a través de un altavoz que se encuentra en el pasillo.

Nos miramos y, cruzando el pasillo, entramos en la consulta. Allí está sentado un médico muy serio. Es calvo, con gafas y bastante corpulento… de esos que cuando te dicen que tienes que hacer vida sana piensas que ojalá la hicieran ellos también para saber lo difícil que es. Aun así, tiene pinta de ser una buena persona y de esas que se toman muy en serio su profesión.

—Buenas noches. Tras hacer muchas pruebas a la paciente hemos descartado ciertas cosas y hemos llegado a un diagnóstico claro.

—No estará embarazada, ¡¿verdad?! —pregunta Luis alertado por los encuentros furtivos que tuvieron hace un mes y pico.

—No. Es más, esa ha sido de las primeras cosas que hemos comprobado antes de hacerle más pruebas.

—Entonces, ¿qué le pasa, doctor? —prosigue Julia.

—La paciente tiene un trastorno alimenticio llamado bulimia.

CAPÍTULO 3
DIBUJOS EN EL CRISTAL

Julia

Pasan muchas cosas por mi mente ahora mismo. Son las cinco y media de la mañana y estoy bastante cansada. Llevo ya bastantes horas en el hospital. Ya no sé qué hacer. No sé si tomar otro café, si andar, esperar sentada... Pero lo que más me preocupa no es eso, sino el estado en el que se encuentra Ana. No sé cómo no me he podido dar cuenta antes de su problema.

«¿Por qué?», me pregunto sin parar de dar vueltas por la sala de espera. Luis ya se fue hace casi un par de horas; la verdad es que parecía preocupado. Cuando supo que lo que tenía Ana era bulimia un suspiro salió de su boca... El hecho de que Ana no estuviese embarazada relajó un poco a Luis, pero a la vez noté algo extraño en su cara. Es como si realmente sí que quisiese tener un vínculo con ella.

De todas formas, tengo cosas más importantes y serias por las que preocuparme en este momento, como, por ejemplo, la salud de Ana. «La bulimia es un problema muy gordo,

¿cómo no me di cuenta?», continúo torturándome. Pero, por un momento, decido mantener la cabeza fría. Es una situación límite y estando nerviosa no voy a solucionar nada, sino todo lo contrario. Iré a tomar un café a la cafetería, preguntaré por el estado de Ana y cogeré el primer autobús que me lleve al pueblo, ya que el hospital se encuentra en la capital.

El pasillo es largo, monótono, de un color blanco-pulcro; no expresa emoción alguna… es neutro, probablemente para que la gente que pase por allí pueda sentir sus propias emociones sin dejarse condicionar por el ambiente.

Pronto llego al recibidor del hospital. Es muy amplio. A la izquierda están el mostrador de información y las puertas, una giratoria y la otra normal para personas con movilidad reducida; enfrente la cafetería y el quiosco, y al otro lado puertas y más puertas. Mi destino se encuentra enfrente, aunque no puedo evitar mirar las demás puertas de las que no dejan de entrar y salir personas.

En la cafetería no hay mucha gente durante esta madrugada. Pido un café solo a una de las camareras y me siento en un taburete de la barra. Necesito este café como nada. Sé que he llegado al tope esta noche y tengo que compensarlo de alguna manera.

Tras terminarme el café, acudo de nuevo a la zona de información del departamento en el que se encuentra Ana. Está estable, pero por precaución nadie puede verla en este momento; ha pasado un bache muy gordo y aún no está preparada para asumir un contacto brusco con la realidad que la espera.

No me queda más que resignarme. Facilito mi número de móvil, como persona de contacto, si hay novedades sobre el estado de Ana, me voy por donde he venido.

Salgo por la puerta giratoria y el frío choca contra mi cara. Un manto bastante gris cubre el cielo. «Se avecina tormenta», pienso. Miro el reloj: son las siete y diez de la mañana. Con suerte llegaré al autobús de las siete y media y podré recoger así las cosas básicas que Ana necesita.

Tras una rápida caminata, llego al autobús. Al final, tuve que correr un poco para que el conductor no me dejase en tierra, pero ha merecido la pena. Me siento en los asientos de atrás, me desabrocho el abrigo y me recuesto. Llevo el vestido rojo del día anterior y el pelo recogido en un moño algo mal hecho.

El autobús va casi vacío. Hay alrededor de cinco personas. Todas ellas parecen muy cansadas, probablemente se debe al madrugón que se han pegado para realizar sus quehaceres. Todos excepto una niña que parece ansiosa. Ella mira por la ventana bastante inquieta. Es como si este viaje de autobús se le esté haciendo eterno, aunque también es cierto que en una niña aproximadamente de su edad es algo normal.

No puedo quitarle el ojo: me ha llamado la atención esa niña con pelo castaño y cara angelical. De repente, un bostezo de la niña va a parar a mi boca… me lo ha contagiado. Para los demás pasajeros del autobús, ese bostezo ha sido insignificante, pero para mí se ha convertido en algo más; me ha ayudado a empatizar con ella. Por su cara, debe pensar que no le compensa nada eso de ir en autobús.

Está lloviendo… «si es que ya se veía en el cielo», pienso. La lluvia parece que no da tregua a los habitantes de la ciudad.

Ahora mi mirada se clava en la mano de la niña. Como en un impulso divino, empieza a dibujar con su dedo en el cristal con visión opaca por culpa del contraste de temperatura. Y como si fuese una artista, ella comienza a diseñar un mural que pronto pude descifrar. Unas cuantas claves de sol salen de forma mágica de su dedo índice. Va borrando y volviendo a utilizar los espacios que aún están disponibles para seguir haciendo dibujos en el cristal.

Sin comerlo ni beberlo, la señora que tiene al lado se dirige a ella para reprocharle su falta de atención. Está hablándole de unas vacaciones, de comida y de la que debe ser una hermana o algún familiar cercano que, por lo que he oído, cumplirá pronto 16 años. Me extraño, aunque no sé muy bien por qué. Esa diferencia de edad seguro que hace que esa niña no tenga con quien jugar. Los adolescentes, además, ya se sabe cómo son… piensan en las fiestas, los ligues y demás historias. Yo lo fui una vez y sé lo que me digo. Sin embargo, la señora con pelo canoso sigue hablando. Esta vez de los ingredientes de una receta: carne, queso parmesano… Esos son los detalles que alcanzo a escuchar.

La niña se impacienta preguntando cuánto queda de trayecto. La señora, acto seguido, coge su teléfono móvil y se lo da a la niña. De repente, una canción conocida comienza a sonar: La Dama y el Vagabundo: Bella Notte.

Oh, no tiene igual
questa *noche especial.*
La llamamos bella notte.

Ven a mirar
esas luces brillar,
questa amable bella notte…

Si estás con quien amas
dichoso vas a ser.
Nocturna magia llegará
y el amor va a florecer.
Oh, noche especial
de amor celestial.
Questa dolce
Bella notte…

Es la canción en la que cenan los dos perros de la película *La dama y el vagabundo*. La famosa escena del plato de *spaghetti* con albóndigas mientras los cocineros les cantan. La niña parece tranquilizarse un rato, aunque solo mientras el vídeo se reproduce en el teléfono móvil.

Miro el reloj: son las ocho menos cuarto de la mañana. De repente, la señora vuelve a manifestarse para decirle a la niña que pulse el botón de *stop* que hay junto al asiento de enfrente. Un frenazo del conductor hace que el nombre de la niña resuene en el autobús alertando a los pasajeros mientras Nani, levantándose, evita la caída de la niña:

—¡¡¡Juliaaaaaaaaaaaa!!!

De repente, noto un toquecito en el hombro. Me asusto. Es el conductor avisándome de que ya ha terminado el trayecto del autobús y que debo bajarme. Me he quedado dormida, y lo peor es que he vuelto a soñar lo que tantas veces he soñado ya. Ese sueño ya forma parte de mi subconsciente y no puedo evitar pensar que anuncia un mal presagio.

Esa fue la última vez que la vi y me acuerdo de ello como si se tratase de un ciclo temporal que se repite indefinidamente, algo así como la película que vi en el cine sobre los niños peculiares del orfanato de una tal Miss Peregrine.

Me bajo del autobús aún desconcertada y me dirijo a casa de Ana. Siempre llevo encima sus llaves de repuesto. Cuando conocí a Ana, me di cuenta de que es un poco despistada... y razón no me faltaba. Más de una vez me ha tocado abrirle la puerta. Un desastre, vamos...

En mi cara aparece una sonrisa al recordar esos momentos con Ana. La echo mucho de menos. En cuanto salga del hospital, me encargaré de ayudarla a salir de esa enfermedad.

Abro la puerta de casa y entro deprisa. Son las ocho y cuarto de la mañana y tengo que volver con todos los enseres personales de Ana; aunque antes tendré que pasarme por *Federico* para pedir un día de asuntos propios… si me deja, claro. Con todo el trabajo duro que requiere un restaurante me resultaría imposible hacer ambas cosas. El dueño del restaurante suele ir a hacer inventario por las mañanas, así que aprovecharé ese momento para comentarle mi problema.

La casa de Ana está tal cual la dejamos por la noche, aunque un poco más fría a consecuencia del ambiente. Observo los cristales de la ventana de la habitación: están empañados. De repente, se me vino a la cabeza el sueño. «¿Por qué siempre tengo que soñar estas cosas?», pienso angustiada mientras preparo la maleta.

La verdad es que, últimamente, desde hace un año aproximadamente, tengo ese tipo de sueños; sueños relacionados con mi infancia, personas cercanas o conocidas… ¿Por qué razón? Eso ya no lo sé, pero no niego que me inquieta hasta el punto de no poder dormir por las noches.

CAPÍTULO 4
FEDERICO

Julia

Sigo recogiendo la ropa y los utensilios básicos para la estancia de Ana en el hospital. La verdad es que el trabajo se me está haciendo pesado, pero no puedo retrasarme mucho porque tengo que ir a hablar todavía con el dueño del restaurante.

Entonces, suena el teléfono móvil. Voy corriendo hasta el salón-comedor, que es donde lo he dejado antes.

—¿Sí?

—Hola Julia. ¿Sabes algo más de Ana? —La voz de Luis suena al otro lado de la línea telefónica... una voz que parece bastante desesperada.

—No... Bueno, realmente sí. Me han dicho que la psicóloga del hospital no recomienda que vea a nadie de momento.

—Pues habrá que esperar entonces... por mucho que cueste —sentencia Luis.

—Ya, supongo.

—Y ¿se lo has dicho a sus padres?

—Pues la verdad es que estaba dudando si hacerlo o no —contesto dubitativa. —Aunque no es su voluntad que lo sepan, es algo muy serio y quizás deberían saberlo.

—Tú verás, Julia... Yo ahí no me meto —contesta Luis con frialdad—. Bueno, tengo que colgar. Hasta luego.

—Adiós.

Me quedo pensativa. «¿Qué debo hacer?». Un millón de dudas se me incrustan en la cabeza. No sé si debo decírselo o no a sus padres. Apenas habla con ellos últimamente, aunque seguro que se debe a su problema con la bulimia. Debería contárselo, pero esperaré a hablar con Ana del tema... «Sí, eso haré», pienso autoconvenciéndome. Ahora tengo que coger todas las cosas de Ana e ir al restaurante.

Cojo las llaves, la maleta, el teléfono móvil, apago las luces y salgo de casa de Ana. Voy por la calle como si me pesase el cuerpo, fruto de que no he dormido en toda la noche.

En unos cinco minutos llego al restaurante. Entro por la puerta de atrás y allí está Federico, el dueño, haciendo inventario de lo que hay en la despensa.

Él es un hombre bastante grueso, aspecto que se disimula bastante bien gracias a su altura. Tiene pelo negro, una ligera barba de, aproximadamente, cinco días y un look de lo más austero y rural. Cualquiera diría que sale directamente de la Toscana. Sus ojos son de color marrón y su rostro, moreno, pero bastante alicaído...

Muchas veces me he preguntado si duerme bien por las noches, ya que parece que siempre está cansado por sus grandes y negruzcas ojeras. Aunque luego es muy simpático, su semblante serio aparenta que es un tipo que no tiene ni quiere tener muchos amigos en su vida.

Federico se da la vuelta, me ve con una maleta y se espera lo peor.

—¿Qué haces con esas pintas y esa maleta por aquí? —pregunta extrañado el dueño del establecimiento.

—Necesito hablar contigo sobre mi jornada de hoy.

—Espera, ven a la sala y así hablamos mejor.

—De acuerdo —contesto tediosa; deseaba irme cuanto antes para ayudar a mi amiga.

Cuando entramos a la sala, me doy cuenta de que aquí también están los demás trabajadores del *Federico*. Tulio, Óliver y Andrea están sentados en una mesa conversando abiertamente y debatiendo sobre algunos temas de actualidad.

Tulio es un chico de origen argentino pero de abuelos italianos. Es rubio con ojos azules y que bien se puede confundir con un muchacho de origen germánico o eslavo. Su complexión es bastante fuerte; aunque su justificación es que todo procede de la genética, todo el mundo sabe que se machaca en el gimnasio cuando no está trabajando en el restaurante. Su trabajo es el de camarero, al igual que el de Óliver.

Este último es un chico de pelo castaño muy largo, el cual siempre lleva recogido en una coleta. Sus ojos son verdes y posee una sonrisa especial que hace que se te contagie, al igual que su gran sentido del humor y su ansia por aprender cosas nuevas. Su complexión es mucho más fina que la de Tulio.

Ambos camareros se llevan bastante bien y, es más, creo que hay algún tipo de interés romántico entre ellos. La verdad es que hacen buena pareja y pasan el suficiente tiempo juntos como para conocerse a la perfección. No quiero ser una entrometida, pero la verdad es que me encantaría que Tulio y Óliver fuesen pareja.

Sin embargo, Andrea es la persona más callada que he conocido. Es un chico con el pelo rizado y bastante abundante. Apenas debate, solo se limita a beber del vaso de cola que se ha servido. Sus ojos marrones casi negros, intensos, se fijan en mí cuando entro por la puerta con Federico. Obviamente, Andrea es italiano, creo que por el nombre prácticamente es evidente. Él es cocinero en el restaurante, al igual que yo, así que pasamos casi todos los días juntos, en la misma sala.

—¡Hola! —saludo al entrar.

—¡Buenos días! —contestan Óliver y Tulio a coro. Andrea sigue callado observándome.

Sé que quizás no he sido justa con él, pero tampoco lo es que no me hable desde entonces. Sus consejos son muy importantes para mí, al igual que su amistad, pero no puedo compartir la misma opinión sobre algunas cosas… Es totalmente imposible que dos personas estén de acuerdo en todo.

Federico y yo nos sentamos en una de las mesas de la sala y comenzamos a conversar.

—¿Qué es lo que pasa, Julia? —pregunta preocupado al ver mi aspecto.

—Pues que han ingresado a una amiga… a Ana. ¿Te acuerdas de Ana? Pues eso… que nece…sito que me dejes faltar hoy a los dos turnos para poder a…yu…darla con lo que necesite en el hospital.

—Bueno, Julia… ¿por qué crees que no te daría el día libre por una razón así?

—Pu…es… no lo sé —contesto nerviosa y dubitativa.

—¡Qué tonta eres! —exclama Federico con gran entusiasmo—. Claro que te doy el día libre. No has faltado todavía ni un día desde que trabajas aquí y, además, es mi obligación como jefe darte algún día de asuntos propios.

—Muchas gracias —contesto con una sonrisa floja en los labios.

La verdad es que no esperaba que se lo tomase tan bien pero así es mucho mejor. Aunque el que parece que no está muy contento es Andrea, que escucha desde su mesa toda la conversación. Su penetrante mirada me sigue persiguiendo.

ANDREA

No puedo pensar en no verla un día por aquí y ahora se ausentará por «no sé el qué». Definitivamente, este será el segundo día más triste de mi vida y, además, la causante es la misma persona. El problema o la ventaja es que Julia aún no lo sabe y, quizás, es mejor así. La verdad es que no quiero tensar más el ambiente de trabajo.

El primer día que me sentí así lo recuerdo muy bien… y es que ese momento siempre recorre mi mente… día sí y día también.

CAPÍTULO 5
TÚ Y YO. NO HAY NADIE MÁS

Andrea

*TÚ… que haces más fácil todo;
que haces que mis días sean más amenos.
TÚ… que me haces sonreír, aunque todo esté mal;
aunque no tenga fuerzas para nada.
TÚ… que me regalas tu sonrisa, tu mirada y tu cariño.
TÚ… que me abrazas y haces que se me olvide todo,
todo lo malo, todo lo que me preocupa.
TÚ… la persona de la que no puedo prescindir.*

*TÚ… la persona sin la que ya no puedo imaginarme un día.
TÚ… la persona a la que echo de menos a cada hora,
minuto y segundo.
TÚ… que me has hecho llorar de nostalgia, de alegría
y también de tristeza cuando no tengo tu compañía.*

*Hay una canción que dice: "No sé dónde voy a dar sin ti" …,
y rápidamente se puede aplicar a esta historia.*

*Te siento a veces tan lejos y te quiero tener tan cerca...;
quiero tener tu compañía todo el tiempo que pueda.*

*TÚ... que llegaste tan de repente, como un aguacero,
como un relámpago...
TÚ... la persona a la que no esperaba, pero de la que
ahora ya no me quiero separar.
TÚ... que no eres las mariposas que siento en mi estómago,
sino la tormenta que siento en mi corazón.*

*TÚ... la persona perfecta... para MÍ.
TÚ y YO. No hay más.*

Este es el poema que preparé para ella. Lo tenía guardado desde hacía mucho tiempo, pero no sabía cómo, dónde ni cuándo dárselo. Estaba seguro de mis sentimientos, no obstante, existía la posibilidad de que Julia no sintiese lo mismo. «¿Cómo una chica como ella se iba a fijar en un tonto como yo?», pensaba mientras sacaba los utensilios de cocina para empezar la jornada laboral.

Pero, cuando menos lo esperaba, entró Julia con su coleta alta y sus vaqueros. «No, espera... son los *leggins* que simulan ser unos *jeans* ajustados. La verdad es que le hacen un culo tremendo», pensé en el momento en el que Julia me daba la espalda. De repente, ella se dio la vuelta y ese día más que nunca pude ver sus ojos, sus grandes y preciosos ojos; también su sonrisa, su blanca y adorable sonrisa. Se dirigió hacia mí, pero nunca antes me había sentido tan congelado. Tenía sudor frío y sentía que palidecía por momentos. Un gran abrazo de Julia, el olor de su perfume, de su pelo sedoso...

—¡Buenas, Andrea! Me da a mí que es hora de trabajar, ¿eh? —comentó Julia mientras dejaba de abrazarme.

—Sí... creo que... sí —respondí más tímido que de costumbre.

—Pues… ¡manos a la obra! —exclamó emocionada.

La verdad es que tenía cierta envidia de cómo se tomaba el trabajo Julia. Era muy positiva y nunca le faltaba una sonrisa. Siempre iba con ganas y decidida a recrear la mejor versión de sí misma y de sus platos. Pero eso, realmente, lo supe desde la primera vez que la vi en el paseo del lago… Desde aquel día no me la pude sacar de la cabeza.

Estaba sentado en un banco. Mi mirada recorría el paisaje como un visitante mira un cuadro en un museo. El lago, en ese momento, estaba rodeado de gente y unos patos se acercaron a un niño que tiraba gusanitos sin parar. Su madre, sonriente, miraba a su hijo con gran expresividad en los ojos. Y sí, yo lo veía todo desde allí… sentado, pero no tan solo por la presencia de las personas que se encontraban a mi alrededor. Pero pronto eso acabó y todos se fueron: ahora sí que me sentía solo. «Como siempre…», pensé en ese momento.

El paseo del lago se quedó sin visitantes un día más. Solamente estaba yo, observando la laguna inerte en la que nadaban algunos patos. En el centro, había una isla compuesta por ramajes. Era curioso, pero su aspecto lúgubre a la vez adornaba aquel espacio invernal.

Las luces del paseo empezaban a encenderse. Un señor mayor caminaba despacio, probablemente porque no tenía prisa o porque su bastón, en el que se apoyaba, escondía una lesión causada por la edad.

Una chica joven paseaba con unos auriculares en las orejas. No sonreía. Su cara era seria. Probablemente escuchaba alguna canción de Alejandro Sanz o John Legend. Su pelo castaño largo ondeaba por la leve brisa del lago y sus tacones sonaban contra el suelo. «Tiene unos ojos espectaculares», pensé en ese momento.

Cuando la chica se percató de que la miraba, me dedicó una gran sonrisa y siguió su camino como si nada. En ese mismo momento, comprendí lo que era un flechazo. Nunca me había pasado y estaba asustado. Me latía muy rápido el corazón y no pude reaccionar antes de que desapareciese por el otro lado del paseo.

Me quedé de nuevo solo, con una sensación amarga porque no me había atrevido a hablarle. Era extraño, pero a la vez estaba contento ya que sabía que la volvería a ver. Estaba totalmente seguro de ello. Entonces, miré el reloj y me levanté del banco en el que seguía sentado. Allí dejé el lago, durmiendo bajo el manto de estrellas y de ilusiones.

Y así fue, como adiviné que la volvería a ver... un día tras otro en el trabajo.

De repente, una voz masculina y ruda me interrumpió las ensoñaciones:

—¡¡¡Chicos!!! ¡¡¡A sus puestos!!! —Entró vociferando el dueño del restaurante como siempre- ¡¡¡Otro día empieza en *Federico*!!!

La jornada laboral transcurría como todos los días. Todo era mecánico y rutinario. Que si un plato de pasta, una pizza o un tiramisú, aunque lo que más se pedía era la especialidad de la casa o como yo lo llamaba, «el plato de Julia». Pero pronto, esa rutina se vio interrumpida cuando entró Óliver a la cocina a dar una comanda, pero no una comanda como las de siempre:

—¡Julia, Julia! Hay un hombre guapísimo que pregunta por ti.

—¿Cómo que preguntan por mí? —expresó extrañada Julia.

—Pues eso. Ha entrado un chico preguntando si había una chica llamada Julia trabajando aquí.

—¿Y qué le has dicho?

—Pues que sí.

—¡¡Eso se consulta antes!! —exclamó Julia.

Y como alma que lleva al diablo, Julia salió de la cocina para encontrarse con el desconocido, que pronto comprobó que no lo era.

Me asomé por el ojo de buey de la puerta de la cocina y observé como le daba dos besos a aquel chico. Mi corazón dio un vuelco cuando me fijé en cómo le miraba; esa mirada es la que quería para mí y ahora la veía reflejada en los ojos de otro hombre...

Entonces, volví al trabajo. Tenía que distraerme como fuese de aquella desilusión. Me puse a cortar verdura para los distintos platos del menú. No hay mal que por bien no venga; así tendría trabajo adelantado. Mi estado de enajenación era tan alto que no me percaté de que Julia estaba a mi lado. Había vuelto a la cocina y me dijo:

—Una «especialidad de la casa», por favor, *bello* —expresó sonriente Julia, quizás más que nunca.

Pues manos a la obra. Sin articular palabra me puse a trabajar en mi cometido. Pero esa vez era distinto, siempre hablábamos o canturreábamos mientras. Había sido muy divertida la compañía de Julia, al menos hasta ese momento. No me apetecía hablar, ni bailar, ni cantar... ni nada. Es más, no sabía ni qué decir.

De repente, sentí un toquecito en el hombro. Me di la vuelta y me enfrenté al fruncido ceño de Julia. Parecía enfadada pero no entendía muy bien por qué. «El que debería estar enfadado soy yo... pero claro, ajo y agua», pensé sin cambiar la seria gestualidad de mi cara.

—¿Te pasa algo?

—¿A mí? ¿Por qué? —contesté con tono borde y a la vez irónico.

—Pues no sé, ¡dímelo tú!

—Preguntan por ti, sales de la cocina teniendo comandas que realizar, me dejas solo, da gracias que Federico no estaba aquí —contesté cansado.

—No creo que sea para tanto, solo he salido a saludar —dijo triste Julia.

—Pues no sé quién será, pero la impresión que me ha causado no es nada buena; tú sabrás lo que haces con tu vida, ya eres mayorcita.

—Exactamente. Mi vida es mía y a ti no te importa. Sigue trabajando, necesito más verduras.

—¡Sí, chef! ¡A sus órdenes! —contesté voceando, sarcástico, tras darme la vuelta para continuar mi cometido.

Terminé el día de trabajo sin dirigirle la palabra y salí del restaurante sin despedirme de nadie.

Ya en la calle, empecé a arrepentirme de lo que había ocurrido. No tenía por qué haberme puesto de aquella manera, no tenía ningún derecho. Julia no era nada mío y, aunque lo fuese, tampoco tendría que haber reaccionado así de mal.

Me metí las manos en los bolsillos del abrigo y sentí el tacto de un papel. Lo saqué y vi que era el poema que le iba a dar justo ese día a Julia; el poema en el que expresaba todo lo que sentía y que ella debía saber de una vez por todas, pero quizás ya nunca se lo daría… Me di cuenta, entonces, de que había perdido todas mis oportunidades con ella. Me puse a llorar.

Me senté en el banco de siempre, desde el que vi a Julia por primera vez, y me puse a escribir en la libreta que siempre llevaba a mano:

Porque quererte iba a ser uno de mis objetivos, pero ahora que callas tanto… ya no sé si otorgas; ya no sé si merece la pena querer quererte o simplemente querer estar contigo. Las fuerzas se agotan y me siento ridículo.

¿Por qué tuviste que venir con tus lindos ojos y tu amplia sonrisa? ¿Por qué tuviste que venir con tu amable conversación y tus elogios de «a ratos»? (esos que ahora no tengo y que ya tanto echo de menos).

Ha sido muy poco tiempo, lo sé, casi ni me había dado cuenta de lo que me importas, y puede que por eso tampoco te hayas dado cuenta tú.

No te conocía y es cierto que no lo había notado... pero también lo es el hecho de que ya sin ti, sin tus charlas, no es lo mismo. Porque cada vez que me saludas se me pone una sonrisa en la cara y me late deprisa el corazón. Porque cada vez que estás cerca no puedo pensar con claridad... porque... no sé por qué.

Aunque no sea recíproco no me enfadaré... Puede que llore, salte o me maldiga. Odiaré tu sonrisa, tus ojos y tu forma de mirarme. Odiaré cómo se moverá tu boca, cómo me sentiré cuando me abraces y lo que me dirás al hablar. Odiaré que me sigas gustando pero que ya no pueda más.

Sin embargo, como dicen unas rimas que no son mías pero que bien podrían serlo y por eso las cito a continuación:

«Odio cómo me hablas y también tu aspecto. No soporto que me mires así. Aborrezco que leas mi pensamiento. Me repugna tanto lo que siento que hasta me salen las rimas. Odio que me mientas y que tengas razón. Odio que alegres mi corazón, pero aún más que me hagas llorar. Odio no tenerte cerca y que no me hayas llamado. Pero, sobre todo, odio no poder odiarte, porque no te odio, ni siquiera un poco... nada en absoluto...».

Esa película típica para adolescentes de los años noventa, me había afectado demasiado, aunque la verdad es que *Diez razones para odiarte* siempre ha sido una de mis películas favoritas… al menos antes de saber que esas rimas se convertirían en mi más terrible realidad.

De repente, despierto del bucle de recuerdos en el que estaba sumido y me encuentro a Julia hablándome de frente. Hace mucho que no oigo su voz tan de cerca, sobre todo desde que tuvimos aquella discusión que nos había alejado.

—¿Podrás tú solo con la cocina? Ana me necesita —dice Julia casi llorando.

—Claro, cuenta conmigo para lo que necesites. Siempre he estado y estaré.

CAPÍTULO 6
CONGRESOS DE OJOS AZULES

Pedro

Madrugada del 24 de diciembre de 2019

Una habitación a oscuras. Las 04:36 marca el despertador con dígitos rojos. No puedo dejar de dar vueltas a la cabeza. Me pregunto una y otra vez cómo he sido capaz de hacer una cosa así. Una media vuelta y allí está esa belleza sureña que he conocido en el bar *Stacey's*. No la conozco de nada, pero aquí estoy, con ella.

No sé cómo manejar esta situación. Estoy sudando, demasiado. Hace mucho tiempo que no me pasa. Tengo pesadillas y no sé por qué… o quizás sí.

Me levanto de la cama y camino hacia el baño casi arrastrando los pies por el suelo de la habitación. Enciendo la luz y me miro al espejo, viendo mis ojos bastante cansados. Acto seguido, agacho un poco la cabeza, abro el grifo dejando salir el agua fría y con las manos me froto el rostro con viveza.

Pienso que así, ojalá, puedo despertar de este mal sueño, pero pronto me doy cuenta de que lo que parece ser un sueño es, en realidad, una horrible pesadilla. Sé que esta situación me va a perseguir durante el resto de mi vida, pero ya no hay marcha atrás.

El baño es muy austero, con los azulejos color blanco roto, con las juntas llenas de grasa… característica propia de los hostales que últimamente he visitado. Hay un váter, un lavabo con espejo y una bañera-ducha, realmente un baño normal y corriente.

De repente, como un halo aparece esa joven despampanante que minutos antes estaba durmiendo a mi lado, tras una larga noche de placeres. Su rostro también se ve cansado, aunque sus ojos azules no pueden dejar de brillar en la pequeña inmensidad del cuarto de baño. Se acerca por detrás y me rodea con sus suaves brazos el torso desnudo.

—¿Y esa cara de cansancio? —me pregunta Laura a la vez que me acaricia el pelo.

—No sé, he tenido una pesadilla y me he despertado bastante mal. Estaba sudando y he venido a mojarme un poco la cara.

Laura se quita la camisa masculina que lleva puesta y se mete en la ducha para refrescarse también. La cortina es bastante fea: verde, con agujeros y sucia. Da asco hasta el simple hecho de pensar en tocarla. Aun así, no dudo ni un instante en entrar con ella.

El agua se empieza a deslizar por nuestros cuerpos. Apoya las manos sobre mi cuello, envolviéndolo. Entonces, empiezo a acariciar su cintura con mis manos. Comienzo a besarla, primero despacio y después con intensidad, con lengua, con pasión. Mis manos pasan de su cintura, a su cadera y, después, a sus nalgas, firmes, por supuesto. Las aprieto con intensidad mientras seguimos besándonos. Los primeros jadeos empiezan a surgir de nuestro ser.

Laura baja su mano por mis pectorales y abdominales hasta llegar a mi miembro, ya bastante erecto por la situación. Gimo cuando comienza a tocarlo, primero con suavidad y, después, mucho más fuerte. Veo que Laura saca la mano por la cortina de la ducha y vuelve con un condón en ella. Lo comprendo perfectamente, ya hemos usado muchos esta noche, pero es lógico, no nos conocemos de nada.

Mientras me lo pone, nos seguimos besando apasionadamente y yo voy bajando poco a poco mi mano hacia su pubis. Le toco el clítoris despacio y ya noto que está húmeda. La doy la vuelta de manera brusca y en esa posición, ella apoyando las manos contra los azulejos, tenemos sexo desenfrenado, como si aún no nos hubiésemos catado.

Los orgasmos no se hacen esperar, al igual que nuestro clímax. La verdad es que me pone mucho, no sé qué me ha hecho, pero es así. Mientras la sigo penetrando, paso mis dedos por su clítoris para dejarla satisfecha antes de que yo me corra. Y, al poco, así es. Ella termina con un gran gemido y después termino yo. Ha sido alucinante. Le doy la vuelta y la beso mientras le pellizco los pezones, pero esta vez no va a haber más asaltos, me encuentro mal y así se lo hago saber. Laura, preocupada, me ve salir de la ducha y ponerme una toalla alrededor de la cadera.

Volvemos a la cama y ella se vuelve a poner mi camisa. En poco tiempo, nos quedamos de nuevo dormidos. O al menos yo, ella no sé, supongo que sí.

Me despierto de nuevo, son las 5.50 de la mañana. Entran las luces de las farolas por las láminas del estor, reflejándose las líneas de luz en la cara de Laura y en la mía propia. De repente, me siento ansioso, nervioso, empiezo a agitarme y a sudar. Laura, sin darle importancia, me puso la mano en el pecho para intentar tranquilizarme, aún medio dormida.

Entonces, como en un arrebato, la agarro por la muñeca muy fuerte, tanto que Laura siente un gran dolor.

—¡¡¡Me haces daño!!! —chilla la joven dejando ver más aún su acento sureño.

—Calla, será mejor así —respondo susurrando como fuera de mí mismo.

Mis ojos estaban rojos y como fuera de sus órbitas. Y, en un momento son las dos manos de Laura las que están agarradas fuertemente solo por mi mano izquierda, mientras que con la derecha presiono su cuello impidiéndole respirar. Laura patalea e intenta zafarse de mí, pero he conseguido inmovilizarla utilizando el peso de mi propio cuerpo, el que antes tanto placer le ha dado.

Ella quiere gritar y alertar a todo el hostal, pero la presión que estoy ejerciendo sobre su cuello se lo impide. Las lágrimas resbalan a chorros por sus mejillas y sus ojos azules abiertos de par en par preguntando por qué. Pocos segundos después, la resistencia de Laura se acaba y tras unos cuantos espasmos cortos y muy seguidos, esa belleza sureña yace muerta debajo de mí.

Con la serenidad de un profesional lo ordeno todo, limpio la habitación, los condones, etc. y la meto en la bañera llena de agua con el camisón de raso morado que llevo en mi maletín. Salgo del hostal aprovechando que el dueño está en otra parte, pero no en recepción.

Subo en el coche, saco el teléfono móvil, conecto el manos libres y el altavoz comienza a dar tono.

—Hola, Pedro, mi vida. ¿Qué tal el congreso? —La voz de Silvia, mi mujer, al otro lado de la línea es dulce y confiada, aunque también somnolienta.

—Hola, cariño. Como siempre... aburrido, pero ya estoy de vuelta. ¿Y los niños? —respondo como si nada.

—En el colegio. María está un poco resfriada y Lucas tiene hoy su primer examen. ¿Cuándo llegas?

—Por la tarde.

—Vale, cariño. Que tengas buen viaje. Te quiero.

—Yo también. *Ciao*.

Tras despedirme, cuelgo a Silvia, echo un vistazo al GPS y veo que tardaré más de cinco horas en llegar a casa. Pongo en contacto la llave y arranco.

CAPÍTULO 7
EN EL MUNDO TODO SON MÁSCARAS

Julia

Llego al hospital, cojo el ascensor y subo hasta la planta en la que Ana se encuentra ingresada. Según avanzo por el pasillo, voy pensando qué decirle. Nunca he hecho frente a un problema semejante… en el fondo, me siento algo violenta porque no sé cómo actuar y eso, quizás, pueda pasarme factura.

Llego a la puerta: 242E. Me late el corazón a mil por hora. Creo que se me va a salir del pecho, pero tengo que echarle valor. Respiro hondo y pienso que mi amiga me necesita.

Cuando entro, me encuentro una habitación muy fría. Ana está tumbada en su cama junto a la ventana, completamente dormida. La otra cama está vacía, aunque supongo que solo en ese momento, ya que hay objetos personales de otra persona. Acerco el sillón a la cama y me limito a observarla. Tiene una vía intravenosa puesta, por la que supongo que se le administran los medicamentos. Está muy pálida y diferente. Esta situación es horrible, ojalá no hubiese pasado nunca.

Entra una enfermera que me invita a ponerme detrás del biombo que separa ambas camas para tener una mínima intimidad. Lleva una bandeja y, por lo poco que puedo alcanzar a ver, contiene un plato con unos garbanzos con espinacas y un filete. Mientras miro indiscriminadamente, la enfermera me sorprende mirando.

—¿Es usted familiar?

—No, su amiga.

—¿Y sus familiares?

—Están al llegar.

—Antes pasó el médico y no había nadie, así que cuando lleguen dígales que está en la consulta hasta las cinco. Es la número 14 del área de psicología y nutrición.

—Gracias —digo con una leve sonrisa.

—Intenta que vaya comiendo algo. Si me necesitas da al botón que tienes junto a la cama.

—Está bien, gracias.

La enfermera se va y corroboro que el filete es de pollo. Ana sigue dormida y no sé qué hacer. No sé si es bueno despertarla para que coma o tengo que dejarla dormir. Pienso que también la comida se enfriará si se queda en la bandeja por mucho tiempo. «Y… ¿si no quiere comer? ¿Qué hago? ¿Llamar a la enfermera?», pienso con algo de ansiedad. Un montón de ideas empiezan a invadir mi mente. «¿Ahora tengo que tratar a Ana de manera diferente?». Me estoy empezando a agobiar. Necesito tomar algo de aire o dar una vuelta. Pero cuando me dispongo a salir…

—Julia… ¿eres tú? —expresa Ana como susurrando.

Me da un vuelco al corazón y sé que hoy va a ser el primer día duro de muchos. Tengo que ayudarla como sea. Al fin y al cabo, siempre nos hemos ayudado mutuamente. Además, lo de antes me lo he inventado… sus padres no saben nada del tema. Eso me lleva a recordar la conversación con Luis sobre qué debemos hacer al respecto. Por una parte, debo avisar a sus padres… al fin y al cabo es su hija. Pero, por otra parte, es decisión suya, como mayor de edad, decírselo o no. Realmente, me siento entre la espada y la pared.

—¿Cómo te encuentras? —pregunto agarrándole la mano.

—Ya ves… no sé. Aquí —contesta Ana con una expresión de vergüenza.

—No te preocupes, Ana. Superaremos esto juntas, como siempre.

Ana esboza una leve sonrisa y mira la bandeja. Veo, enseguida, en su cara la preocupación por lo que esta contiene.

—Y ¿si luego quiero vomitarlo? —pregunta preocupada tras mirar la comida.

—Tranquila, yo estaré aquí para lo que necesites.

Le paso la bandeja y Ana se la posa sobre las piernas. Coge la cuchara con la mano fría, pálida y temblorosa.

—No me atrevo Julia… Me sentiré culpable, lo sé —explica Ana con ganas de llorar.

—Y ¿por qué estás tan segura de que vas a vomitar?

—Últimamente me pasa siempre —contesta con una mirada triste.

—¿Cómo no me habías dicho nada de todo esto, Ana? —pregunto mientras pienso, a la vez, que no es el momento adecuado para recriminárselo.

De repente, los ojos de Ana comienzan a humedecerse. Y en ese momento, se abre la puerta de la habitación y entra Luis. Le miramos sorprendidas. Se acerca a la cama y le susurra al oído:

—Lo siento, Ana, pero tenía que hacerlo.

Acto seguido, los padres de Ana entran por la puerta con cara de preocupación, pero a la vez de alivio por ver que su hija estaba bien. Su madre se abalanza hacia ella para abrazarla y su padre se queda de pie. Entra la enfermera explicando que todos no pueden estar a la vez en la habitación.

—Julia, vámonos, dejémosles solos —dice Luis cogiéndome por el brazo.

Me voy con sensación de pena, pero sé que es lo correcto. Cierro la puerta y nos dirigimos a la cafetería. «Si ni he desayunado», pienso durante el trayecto. Cuando llegamos, nos acercamos a la barra. Pido un bocadillo de tortilla con pimientos y Luis un plato combinado que lleva un huevo, un filete de ternera, ensaladilla y patatas. Nos sentamos en una de las mesas que están libres y se hizo el silencio. Durante un rato, cada uno estuvimos mirando el móvil sin hacer caso de la presencia del otro. Luis, por fin, rompe el silencio.

—Lo siento, tenía que hacerlo. ¿Crees que he hecho lo correcto? —pregunta Luis con cara de angustia esperando mi aprobación.

—Has sido muy valiente. Al fin y al cabo, no sé si yo habría podido hacerlo. Creo que Ana los necesita.

Sin mediar más palabras, seguimos comiendo. Tomamos un café con leche cada uno y salimos de la cafetería. No sabíamos muy bien qué hacer… si subir o quedarnos aquí o marcharnos… Lo que sí que teníamos claro es que Ana necesita intimidad con sus padres. Entonces, nos dirigimos a la puerta de salida del hospital cuando, repentinamente, paro en seco.

—Se me ha olvidado el fular en la habitación. ¿Me esperas o tienes prisa?

—Me voy yendo, tengo que ir a trabajar.

Nos dimos dos besos a modo de despedida y, viendo cómo Luis sale del hospital, me dirijo de nuevo hacia dentro, pero no hacia donde he dicho.

Recorro pasillos queriendo encontrar lo que busco. Pregunto incluso un par de veces... y, por fin, ahí estaba, frente a la consulta número 14 del área de psicología y nutrición. Doy dos golpecitos con los nudillos en la puerta sin saber qué es lo que voy a decir. Estoy nerviosa y me sudan las manos; pero es un sudor frío que pocas veces he experimentado. De repente, se abre la puerta y aparece un hombre canoso, de mediana edad y no muy alto. Parece simpático pero su semblante es serio y su mirada penetrante, puede que sea una característica propia de un psicólogo. Me invita a entrar preguntándome qué deseo.

—Necesito ayudar a mi amiga y no sé cómo. Estoy perdida, nunca había vivido una situación semejante y necesito que alguien me aconseje —exclamo gimoteando sin hacer pausas.

—Bueno... tranquila. ¿Quién es su amiga?

—Ana López. Está en la habitación 242E.

—¡Ah! Ya entiendo... un caso de bulimia... —expresa el psicólogo mientras mueve el papeleo en su escritorio.

Estoy mucho tiempo dentro de esa consulta. Cuando salgo, tengo una cosa muy clara: el psicólogo me ha aconsejado que averigüe dónde puede estar la raíz del problema. Y, sinceramente, lo primero que se me ha ocurrido es mirar sus redes sociales.

Me dirijo a la habitación, con la esperanza de que sus padres estén en la cafetería o en cualquier otro sitio que no sea con ella. Cuando llego, abro la puerta de manera sigilosa y me doy cuenta de que la otra cama ya está ocupada por una chica con una apariencia bastante esquelética. Ella tiene visita, pero cuando paso el biombo, observo que al lado de Ana no hay nadie y ella está dormida. Es el momento perfecto. Busco entre sus cosas y encuentro su teléfono móvil. Para evitar que Ana me descubra, salgo de la habitación y me dirijo a una de las salas de espera de esa planta para comenzar a investigar. El corazón me va a mil por hora… realmente no sé lo que me voy a encontrar.

Desbloqueo el móvil y me dispongo a observar detenidamente. Miro *Instagram*, *Twitter*, *Facebook*… no encuentro nada que me haga sospechar sobre algún tipo de *cyberbullying*. Pero, cuando ya voy a bloquear de nuevo el móvil, veo una aplicación que me llama la atención y de la que no he oído hablar nunca: *Diario Personal*.

Con temor… la abro; y para mi sorpresa, Ana tiene desactivado todo tipo de bloqueo en esa aplicación… «¿Quería que alguien lo viera? ¿Ya estaba pidiendo ayuda?», pienso desesperada y angustiada.

Me da miedo no saber qué me voy a encontrar dentro de esa aplicación. Dudando, me pongo a leer y encuentro relatos sobre días de *picnic* que habíamos hecho las dos juntas, cuando conoció a Luis, las noches de cine en su casa… Todo esto me despierta gran nostalgia. No hay, realmente, ningún indicio de que Ana esté ni estuviese mal, pero la última entrada del diario parece indicar todo lo contrario.

En el mundo todo son máscaras

Hay que reflexionar sobre un tema muy polémico y que crea obsesión, sobre todo hoy en día: el canon o ideal de belleza en la sociedad. Para poder comprenderlo primero hay que desarraigarse de los prejuicios que tenemos la mayoría respecto a los demás (al menos por un corto rato).

Para hablar de los ideales de belleza de la sociedad primero me voy a centrar en el arte.

Cuando vosotros os intentáis imaginar una cosa bella… ¿qué se os viene a la mente? Algunos se imaginarán el David de Miguel Ángel; otros optarán por El nacimiento de Venus de Botticelli. Pero, seguramente, muy pocas personas han pensado en Las tres gracias de Rubens o en las pinturas de Botero. Aun así, son obras de arte… ¿por qué?: por ser originales, por ser de artistas conocidos, por la época en la que fueron compuestas o, por supuesto, por lo que transmiten dichas obras al receptor.

Entonces, tendríamos que preguntarnos: ¿por qué hay tanta diferencia respecto al ideal de belleza de la sociedad? De momento, vamos a fijarnos en estas obras de arte para darnos cuenta del porqué de su modo de composición y, obviamente, del resultado.

El David de Miguel Ángel, ¿qué creéis que tiene para ser tan admirado? La escultura representa a un rey David justo antes del enfrentamiento con Goliat, el gigante. Nos muestra la figura de un hombre desnudo, con mirada penetrante y en contraposto. Sobre todo, ha sido muy comentada porque representa la proporcionalidad perfecta del cuerpo humano según el canon clásico (en el que la cabeza tiene que ser una octava parte del cuerpo). Con lo cual, vemos en esta escultura la perfección de los ideales renacentistas sobre la belleza masculina. ¿Solo por eso es algo bello? No. En la mano derecha lleva una piedra y en la mano izquierda, una honda. Todos los rasgos convierten a la escultura en un símbolo de la libertad de la República florentina: ellos veían una belleza física, social e ideológica.

Las tres gracias de Rubens nos ofrece una belleza muy diferente. Este cuadro muestra a tres mujeres de cuerpos bastante voluptuosos. Como ya he mencionado antes, vemos una gran composición que va en contra de la belleza clásica que, por ejemplo, sí que seguía Miguel Ángel. Estas formas corpulentas formaban parte del ideal de belleza barroco. Detrás de todas estas cuestiones físicas podemos apreciar a las tres hijas de Zeus. En todas las descripciones mitológicas se las presentaba como mujeres desnudas y entrelazadas por los hombros. Esto hacía que aquellas representaran el regocijo, la felicidad y la belleza. Curiosamente, siempre en el arte se han representado como tres doncellas delgadas y bailando en círculo. Esto nos demuestra que más allá del canon de belleza de cada época podemos ver una simbología que es común e inamovible.

Otro de los artistas más polémicos en cuanto a sus obras es Botero. Es famoso por sus pinturas de personas rechonchas y con muchos volúmenes. ¿Podríamos asociarlo a que en Latinoamérica «se llevan» más las curvas en las mujeres? Eso podría formar parte de una libertad de interpretaciones. La interpretación de Botero sobre su propia obra la tenemos en una entrevista que concedió en el Bellas Artes de Bilbao:

«Yo no pinto gordas. No he pintado una gorda en mi vida. Lo que he hecho es expresar el volumen como parte de la sensualidad. No hay comentarios sobre la gordura o flacura en mis cuadros, sino que solamente es un deseo de estilo de intentar dar al volumen un protagonismo muy grande que ha marcado mi trabajo»

Él dice que cuando pinta algo quiere que sea monumental; quiere exaltar su forma. Entonces, ¿por qué nosotros vemos mujeres gordas? Él no ve una mujer gorda, pero nosotros sí... ¿por qué es así?

Y la cuarta obra de arte que he mencionado y que, personalmente es una de mis favoritas, es El nacimiento de Venus de Botticelli. Todos podemos observar a Venus radiante y llena de vitalidad. Está desnuda. Anteriormente solo se representaba a una mujer desnuda: a Eva. Aunque entonces el significado era muy distinto porque era señal de vergüenza por el pecado original. Pero en esta obra muestra lo opuesto, viéndose una armonía entre la mente y el cuerpo. Venus montada en una concha representa el acto mismo de la encarnación, es decir, que alegóricamente refleja el misterio de nuestro nacimiento, pero refiriéndose a un renacimiento a la vida por el Bautismo del cristiano. Es hermosa y eso no se puede dudar... pero con toda la carga simbólica que contiene este cuadro, ¿qué creéis que quería expresar Botticelli?

Respecto a este tema y a esta obra en concreto encontré el otro día una noticia en Internet. Una modelo y diseñadora gráfica ha iniciado un proyecto mediante el cual se retocan con Photoshop las «Venus» más famosas de la historia del arte convirtiéndolas en modelos actuales. Es una manera de comparar las formas con volumen de las obras de arte con la belleza huesuda de las portadas y de las revistas femeninas de la actualidad. Evidentemente, esta noticia y, en concreto, este proyecto intenta que las mujeres dejen de correr tras un ideal de belleza que no es real, sino ficticio. Estas son las palabras de la joven:

«Trabajo como modelo, así que conozco bien todas las dinámicas de postproducción, aparte trabajo también como diseñadora gráfica, así que utilizo Photoshop todos los días y las mismas dinámicas que veo aplicadas sobre mí en algunas fotografías, las aplico yo en otras personas. A menudo encuentro mis fotografías demasiado modificadas, yo la primera, como protagonista de aquellas fotos, no me siento yo misma. El hecho de vivirlo sobre mí me lleva aún más a decir ¡atención! Cuidado con lo que hacemos, cuidado con la percepción de nuestro cuerpo. Quizás si no posara y no conociera, no se me hubiese ocurrido desarrollar un proyecto así»

El ideal de belleza cambia según la época, pero eso no evita que actualmente se caiga en el encanto hacia la excesiva delgadez de una persona.

Este cambio según la época, podemos verlo claramente en el ideal de belleza de los años 50, Marilyn Monroe. Ella ocupaba la cumbre del mito erótico de la sociedad de esa época. Era una mujer, como dirían muchos, con curvas. ¿Alguna vez os habéis preguntado qué talla de pantalón usaba Marilyn Monroe? No usaba ni una 38, ni una 40, ni siquiera una 42… Dicen que usaba nada más y nada menos que una 44. Por cierto, respecto a las tallas de pantalón y como consejo a las tiendas de ropa: no sé vosotros, pero yo cuando entro a una tienda a mirar pantalones muchas veces solo encuentro tallas de las 34 a la 40… ¿No será porque la mayoría usan una talla superior y se agotan las existencias? Se ve que no se han dado cuenta.

Pero siguiendo con el tema, la sociedad pensaba que ella «estaba buena», pero ahora mucha gente diría que está gorda... ¿Cómo hemos llegado a este punto? ¿Cómo hemos llegado, de verdad, a hacer daño a la gente con este tema? Porque creo que he de recordar la multitud de enfermedades y problemas tanto físicos como psicológicos que sufre la gente por esto. El verdadero problema es que el canon de belleza que exigimos no existe. Somos fans de una máscara que tras un retoque de Photoshop o cinco kilos de maquillaje no existe. No existe ese cuerpazo de las revistas, esas caras tersas por las cremas milagrosas... Hay que despertar de esa visión tan equivocada de la realidad. Estamos intentando crear una legión de clones que sigan modas y tendencias sin darnos cuenta de que estamos haciendo daño a muchas personas.

Las palabras tienen mucho poder para todos y hay muchas personas que por insultos y por no gustarle a la gente dejan de comer, vomitan o, incluso, se autolesionan. Así como la anorexia, la bulimia, la sadoraxia y, en algunos casos extremos, el suicidio.

Para finalizar quiero que quede claro que lo que de verdad importa es la simbología, lo interior, la esencia... Que no menospreciemos a nadie por no ser perfecto porque ninguno lo somos. Cada persona es distinta y precisamente eso es lo que nos hace bellos.

Las lágrimas comienzan a caer por mis mejillas. No puedo creer lo que estoy leyendo. «¿Cómo no me he dado cuenta de todo esto?», pienso mientras sigo llorando. Rápidamente, y con toda la mente fría que puedo tener en este momento, copio el texto y me lo autoenvío a *WhatsApp*, borrando después el chat para que Ana no se entere.

Vuelvo rápido a la habitación, abro la puerta y veo que Ana está despierta. Lo que he traído de su casa sigue en la bolsa, con lo cual es un buen momento para colocar sus cosas personales en la mesilla y dejar el móvil sin que se dé cuenta. «¡Objetivo conseguido! Ahora solo me falta mandárselo al psicólogo», pienso algo más animada.

—Hola, Andrea. ¿Qué tal? —dice Ana, de repente, sin que me lo espere.

Ya es muy tarde, así que la conversación es muy corta. Está anocheciendo y debemos irnos; el horario de visitas termina para los que no son familiares directos. Andrea se ofrece a llevarme a casa en coche y, obviamente, acepto.

Es un trayecto silencioso, pero, dentro de lo malo, es un silencio agradable: ambos nos sentíamos acompañados.

Cuando llegamos a mi casa y me dispongo a abrir la puerta, Andrea le echa valor y, por fin, me besa. Llevo esperando este beso desde que lo vi en el paseo del lago. Ni siquiera él sabe que me acuerdo de ese momento. Ha sido un beso delicado y lleno de ternura. El primero que me ha dado y que sé que se repetirá. Lo quiero así y seguro que pasará.

Cuando abro los ojos, veo a Andrea mirándome fijamente.

—Te dije que siempre he estado y estaré.

CAPÍTULO 8
PENSAMIENTOS

Julia

Entro en casa y dejo las llaves sobre la mesilla vanguardista de madera que tengo en la entrada. Todo aquí dentro sigue igual, tal y como lo he dejado días atrás.

Tengo hambre, así que me dirijo a la cocina y saco el jamón york y el queso *havarti* del frigorífico, y el pan de molde del armario. Saco dos rebanadas y me hago un sándwich con dos lonchas de jamón y una de queso. Guardo todo y me dispongo a comer; simplemente me quedo ahí, de pie, pensando. «Andrea me ha besado… vale, vale, tranquila… ¿qué se supone que debería hacer ahora? ¿Llamarlo? No, no… a ver…».

Los pensamientos se apelotonan en mi cabeza y, en menos que canta un gallo, me he acabado el aperitivo. Saco un zumo de frutas tropicales y, abriéndolo, me dirijo al salón.

Me siento de golpe en el sofá y, como algo automático, enciendo la televisión. Mientras hago *zapping*, me bebo el zumo. La verdad es que el hecho de estar en el hospital agota más de lo que uno puede pensar. Me quito los playeros sin ni siquiera tocarlos con las manos. Dejo el zumo sobre la mesita del salón y me echo en el sofá.

Necesito descansar y asimilar todo lo que ha sucedido estos dos días. Son demasiadas cosas, la verdad... Por qué últimamente tengo una racha tan mala, no es justo. Soy una buena chica y nunca he hecho daño a nadie... Es más, siempre intento ayudar a cualquier persona que lo necesita. Pero, claro... Tampoco me di cuenta de los problemas de Ana. «¿Eso quiere decir que soy mala amiga?».

Me estoy poniendo nerviosa. Muy nerviosa. Abro el móvil y vuelvo a leer la publicación de Ana en la aplicación del móvil. No tiene ningún sentido el hecho de que Ana haya caído en eso. Tiene razón en todo lo que escribió en los múltiples párrafos, pero... no lo termino de entender. «¿Por qué ha caído en todo esto? No es justo, no... no es nada justo... Tengo que averiguar cuál es el principio de todo esto... ¿Debería pre... preguntárselo a ella directamente? O... no... quizás debería cotillear más en su móvil... pero no, no debería... porque... no, no...».

Me pongo de medio lado apoyando la cabeza sobre mi mano y el cojín. Me acurruco, pero sigo teniendo frío. La verdad es que estoy algo destemplada.

Bostezo y me levanto del sofá para ir a coger una manta y así resguardarme un poco. Arrastro los pies desganada. No tengo ganas de nada... Hasta me está sentando mal el sándwich que me he comido.

Eso me vuelve a recordar el tema de Ana. «¿Por qué le ha afectado tanto la opinión de los demás?», sigo pensando en lo absurdo que parece este tema, pero a la vez, tan preocupante... «¿Cómo puedo pensar que es un tema absurdo? Es mi amiga... Joder, joder... Julia... tranquilízate... esto no te hace bien».

Cojo la manta, una que hice con mi hermana cuando éramos pequeñas, bueno… yo más que ella, y me tumbo de nuevo en el sofá. Ahora estoy mucho más cómoda. Esta manta me trae muchísimos recuerdos. Nuestra madre fue la que nos enseñó a hacer todas estas cosas: manualidades varias como tejer, hacer masa de pan, dibujar…

De repente, una lágrima se escurre por mi mejilla. Son tantos los recuerdos, que me sobrepasan. Es una lástima que ese accidente en el autobús acabase con la vida de nuestra madre. Fue muy triste o al menos así lo recuerdo, aunque cuando ocurrió yo solo tenía 6 años. Fue algo traumático para mi hermana, que tenía 16 años por ese entonces. Ahora, las dos somos mayorcitas para asumirlo, pero no se podía pedir lo mismo a una adolescente y a una niña. Realmente, es algo que nadie debería sufrir…

En una semana es mi cumpleaños y tengo que llamar a Marta para quedar con ella en cómo lo vamos a celebrar y dónde… aunque, seguramente, sea en su casa, ya que hay más espacio. Además, seguro que ver a Lucía me anima muchísimo; mi sobrina es de las personas más preciadas que existen en este momento en mi vida, aunque últimamente no la vea mucho. ¿Son solamente Lucía y Marta las personas más preciadas en mi vida? Sigo llorando mientras vuelvo a recordar todo lo acontecido durante estos dos años. Conocer a Ana, a Pedro, a Andrea, a Tulio, a Carlota, a Federico…

«Me ha besado…», pienso con una sonrisa en la boca. Es entonces cuando mi móvil comienza a sonar. Parece que son múltiples los mensajes que llegan a mi *WhatsApp* de manera instantánea. Desbloqueo el móvil y veo que se trata de Andrea. Me da las buenas noches y leo las dos palabras mágicas; esas que hacen que me estremezca y se me ponga la piel de gallina.

Buenas noches, cariño. Estoy y estaré… Te quiero, Julia ♥

Una sensación de seguridad y de felicidad me embarga, entonces, el pecho. «¿Esto es lo que se siente?», me pregunto.

Antes de contestar, tengo que estar muy segura de lo que voy a poner, aunque, quizás, es tan simple como buscar en mis propios sentimientos. «¿Estoy enamorada de Andrea y realmente no lo sé hasta ahora?». El pecho me da un vuelco y, entonces, sé qué es lo que tengo que contestar.

Andrea, gracias por todo… siempre has estado aquí para apoyarme. Sé que ha habido un tiempo que no hemos hablado mucho, pero quiero que sepas que eres una de las personas más importantes de mi vida.
Te quiero, mi italiano favorito ♥

Pronto, me llega un nuevo mensaje que incluye un emoticono de unos labios. Es la despedida. Una despedida que mañana y todas las mañanas será un saludo. Estoy contenta y feliz y todo lo bueno, pero me dura muy poco. Me acuerdo de Pedro, de todos los sentimientos que puse cada vez que quedamos y para lo poco que sirvió. Realmente, desde el momento que Andrea vio a Pedro fue cuando empezó todo lo complicado en nuestra «relación» y no quiero que vuelva a pasar de nuevo: lo quiero y ahora ya lo sé.

Pedro y yo no llegamos a tener nada relacionado con el amor, aunque yo tenía ciertas ilusiones de ternura adolescente, como la de las películas, pero ahora sé que eso no existía. He pensado muchas veces en un reencuentro imaginario. En estos momentos, no puedo expresarlo muy bien… Es una sensación que me aplasta el pecho; aun así, no es la misma sensación que he experimentado con Andrea.

Me hacía llorar y reír. Y es que las películas enseñan muchas veces un prototipo de amor que no existe… es un prototipo de amor que a veces duele, sobre todo, al principio, pero que al final, gracias a una especie de estrella, acaba por hacerte feliz. Este tipo de cosas es la que hace que desde pequeña haya estado preparada para un amor idílico que en muy pocas ocasiones, por no decir ninguna, se cumple. Las películas me han enseñado que con una sonrisa y una mirada alguien se puede enamorar, pero la realidad me ha entregado una pantalla por la que no se puede disfrutar de ello.

¿Por qué el ser humano se empeña en no mirar, sentir, sonreír, saltar, bailar, cantar? En estos momentos, en los que los problemas ya no son tan de niña, sino que son más de adulta, necesito esa estrella. Ahora es más fácil *escribir* que *decir mirando a los ojos*. Y ¿si nos obligáramos a expresar lo que sentimos de otra manera que no sea a través de una pantalla? Hay que amar y no convertir la vida en una utopía, porque para eso ya está la ficción.

Sigo inmersa en mis pensamientos, tumbada en el sofá, sola, nostálgica… No puedo evitar echar de menos a Ana. No me di cuenta de nada y esa culpa me está comiendo por dentro.

«A ver, Julia, chica, céntrate… ¿por qué Ana ha podido hacer una cosa así?». Estoy pensando durante un buen rato más, releyendo sin parar lo escrito por Ana y la única conclusión que saco es que la envidia mueve montañas. No se me ocurre otra explicación para que Ana haya actuado de esa manera. Ella no es así y algún motivo tiene que haber.

Puede que su atractivo haya despertado envidias y, por lo tanto, haya sufrido algún tipo de *bullying* en el trabajo. Ana ya me mencionó una vez que sus compañeras del supermercado son algo dañinas respecto a algunos comentarios. Puede que ese sea el origen de su preocupación por el físico. «Posiblemente, eso ha sido lo que ha llevado a Ana a cometer estas locuras… no hay otra explicación».

En ese mismo momento, escribo al psicólogo nutricionista del hospital para contarle todas mis suposiciones. Aunque no esté despierto a estas horas, lo leerá al día siguiente y me dará su opinión profesional.

CAPÍTULO 9
HERMANAS DE CORAZÓN

Andrea

Llueve. Llueve mucho y Julia camina deprisa por la calle con su paraguas rojo con topos negros. Siempre me ha gustado ese paraguas, porque parece una mariquita gigante. Julia va sorteando los charcos mientras me río de sus esparajismos.

Nos dirigimos a la casa de Marta, la hermana de mi novia. Sí, mi novia. Por fin hemos aclarado nuestros sentimientos y hemos decidido intentarlo. Estoy muy ilusionado y espero que Julia también lo esté. La verdad es que estos días que llevamos juntos están siendo los mejores de mi vida, aunque también es verdad que Julia lo está pasando bastante mal con el problema de Ana.

Tras nuestra conversación, del todo amorosa, Julia me contó todo lo que había visto en el teléfono móvil de Ana y su conversación con el psicólogo nutricionista. Yo también estoy preocupado, pero tengo que parecer fuerte delante de ella. Se lo merece. Se merece a alguien que le dé apoyo y la proteja.

Julia está empapada. Da igual el hecho de que lleve un paraguas enorme, porque el resultado es el mismo: agua por todas partes. No para de llover y todavía nos falta un poco para llegar a casa de su hermana.

JULIA

Empieza a llover aún más y decidimos meternos en el soportal de un supermercado. Al estar aquí, se nos ocurre comprar algo de comer para el cumpleaños y, así, no quedar tan mal. Aunque la negativa de mi hermana ante la situación de tener que llevar algo en mi propio cumpleaños me asusta un poco. Siempre dice que la persona que cumple años no tiene que invitar a los demás, al revés de lo que podría pensar todo el mundo. Al igual que a mí no me gustan mucho los regalos… Las celebraciones materialistas no son lo mío y lo que realmente me importa es la compañía de los más allegados. Este año se une Andrea, mi actual novio. Sí, mi novio. Estoy muy feliz con él y no sé cómo no me he decidido antes.

Compramos dos empanadas: una de carne y otra de atún. También cogimos dos botellas de refresco: una de naranja y otra de limón. Cuando estamos pagando en la caja, me suena el móvil. Miro la pantalla iluminada y se trata de un mensaje de *WhatsApp* del psicólogo nutricionista.

Cuando le escribí el otro día, mi conclusión sobre el *bullying* y la envidia, me dijo que hablaría con ella sobre el tema. Estoy asustada porque no sé lo que me ha escrito, aunque parece un texto bastante largo.

Cuando cogimos las bolsas y pagamos, salimos del supermercado; pero antes de bajar las escaleras, Andrea me para en seco.

—¿Qué pasa, Julia? —pregunta serio Andrea.

—Me ha contestado el doctor Jávea... creo que ya ha hablado con Ana. Me da miedo abrir el mensaje y que ponga que ella me odia o que no quiere verme más...

De repente, siento la mano de Andrea rodeándome el cuello y posándose en mi hombro. Ese símbolo tan reconfortante hace que comprenda el mensaje. Tengo que tranquilizarme y disfrutar de mi vigésimo sexto cumpleaños sin más preocupaciones; ya leeré el mensaje del doctor más tarde.

Continuamos nuestro camino hasta que llegamos a casa de Marta. Es una casa independiente con un pequeño jardín delantero. Tiene un aspecto bastante rústico, pero me encanta esa casa... Me trae tantos recuerdos... Tiene un gran porche a la entrada que mi hermana ha cerrado con unas grandes cristaleras. La verja de fuera está abierta y entramos con sigilo para que nadie nos descubra y así dar una sorpresa a los asistentes.

Miro hacia la izquierda y ahí está la bicicleta que le regalé a mi sobrina Lucía por su sexto cumpleaños: es de color rosa y tiene dibujos de *Hello Kitty*. Vimos una luz tenue en la bodega y decidimos abrir con la llave que tengo y así proseguir con el encuentro sorpresa.

Dejamos la compra en la cocina y bajamos por las escaleras que llevan a la lúgubre pero acogedora bodega. Cuando entro con cara burlona me doy cuenta de que aquí no hay nadie. La luz tenue que vimos desde fuera era la de la chimenea. No me lo puedo creer... «¿Se han olvidado de mi cumpleaños?», pienso preocupada y angustiada.

Me doy la vuelta y me doy cuenta de que Andrea tampoco está detrás. «¿Esto es una pesadilla?». Sigo dándole vueltas a la cabeza mientras me pellizco. Últimamente he tenido tantas que a veces ya no diferencio lo que es ficción y lo que es realidad.

No me atrevo a subir por las escaleras, pero si es un sueño me despertaré. Le echo valor y me dispongo a ello. Me tiemblan las rodillas. «¡Qué tonta soy! Las veces que habré subido de pequeña estas escaleras y ahora les tengo pánico… Ni que tuviera la caldera de *Solo en casa*… ¡Eso sí que daba miedo!». Me dirijo al baño buscando a Andrea, quizás se meaba y se olvidó de avisarme antes de bajar; pero no está aquí.

De repente, escucho un ruido procedente del salón. Me asusto, pero ya no tengo más remedio que saber lo que sucede y dónde se encuentra Andrea. Enciendo con los ojos cerrados la luz de la sala de estar y se oye un gran estruendo:

—¡¡¡¡¡¡¡FELIZ CUMPLEAÑOOOOOOSSS!!!!!!!

Abro los ojos y me encuentro a mi hermana, mi cuñado, mi sobrina y a Andrea. Empiezo a llorar de alegría, pero a la vez de la gran angustia que he padecido anteriormente. No es una pesadilla: es real. Están aquí para celebrar mi vigésimo sexto cumpleaños. Solamente extraño a una persona en este momento: a Ana. Mi mejor amiga nunca ha faltado a ninguno desde que nos conocimos en el supermercado.

Cuando acabo de abrazar y besar a todos los asistentes, me fijo en la gran decoración que han preparado. Hay una pancarta que pone «Felices 26, Julia», globos de colores, dibujos de mi sobrina y varios regalos desperdigados por el salón. «Seguro que ninguno es de mi hermana, no le gusta nada lo material, como a mí».

Estoy tan obnubilada mirando la decoración que no me doy cuenta de que Lucía me está llamando mientras tira de mi abrigo.

—¡¡¡Tíaaaa!!! —chilla Lucía cansada de llamarme.

—Perdón cariño… dime —contesto desconcertada.

—¡¡Vamos a dejar los abrigos en tu habitación!!

Mi pequeña sobrina tiene una voz muy estridente y cuando chilla su tez se vuelve tan roja como su pelo. Definitivamente, es tan testaruda como su madre y su abuela; yo, sin embargo, soy mucho más tranquila y conformista. «Mi habitación...», pienso mientras vamos subiendo las escaleras.

Abro la puerta y aquí está. Huele igual que siempre. Está ordenada igual que siempre. Todo está como siempre. La pared pintada de color malva con pegatinas de mariposas de esas que luego brillan en la oscuridad. Era mi lugar de protección, donde me sentía segura cuando era pequeña. Cuando me sentía mal o tenía temporadas muy filosóficas y depresivas iba allí para relajarme. Ahora es uno de los momentos en los que podría necesitarla, pero gracias a Andrea me siento protegida y ya no voy a acudir más a esta habitación para intentar sobrevivir, sino para revivir momentos pasados.

Abro el armario: está lleno de perchas. Lucía me va pasando los abrigos y yo los voy colgando. Somos una cadena humana muy eficaz.

—¿Te puedo preguntar una cosa, tía? —pregunta Lucía con cierta timidez.

—Sí, princesa... dime.

—¿Por qué te tiñes el pelo?

—¿Cómo que por qué me tiño? —pregunto extrañada—. Mi pelo es de este color cariño.

—Ah... o sea ¿que no eres pelirroja como nosotras? —pregunta.

—No, princesa —expreso con cariño.

En ese mismo instante, aparece Marta.

—Vamos, Lucía, no entretengas a tu tía que os estamos esperando abajo. ¡Va a empezar la fiesta!

—¡¡¡FIESTA, FIESTA!!! —Sale gritando Lucía de la habitación.

Marta me ofrece una sonrisa cómplice y sale de la habitación indicando con la cabeza que bajara ya a disfrutar.

La fiesta ha sido estupenda. La verdad es que creía que iba a ser muy aburrida, pero no ha sido así. Primero estuvimos charlando mientras hacíamos una merienda-cena y, después, me dieron los regalos. Todos son maravillosos: unos pendientes de mariquita con un collar a juego, una sudadera y unos cuantos detalles más. Mi sobrina me ha hecho un dibujo en el que está toda la familia. Y sí, este año ha incluido a Andrea.

Sigo mirando el dibujo, sentada en el porche. Sigue lloviendo. La verdad es que el señor del tiempo ha acertado por una vez y vengo preparada para la situación. Andrea se ha llevado muy bien con el marido de mi hermana. Ahora están viendo el fútbol en el salón con Lucía, que no para de quejarse porque quiere ver los dibujos animados. Sin embargo, yo sigo ensimismada mirando la lluvia y noto una mano en el hombro: es Marta con un paquete en la mano. Posteriormente, se sienta a mi lado y ofreciéndomelo me dice:

—Tengo un regalo especial para ti, pero que también lo es para mí. Quería dártelo en privado.

Cojo el paquete y empiezo a abrirlo. Tiene un papel de regalo malva con mariposas. Cuando aún no he terminado de romper todo el papel, observo que se trata de un cuaderno en el que está grabado mi nombre. Mi ojiplática mirada va directa a los ojos de mi hermana. No entiendo nada. No sé qué puede contener en su interior.

—Está redactado desde el día que llegaste a casa hasta que mamá te dijo que tenías otra mamá que había fallecido —explica Marta.

—...

—Léelo tranquilamente. Aquí encontrarás muchas de las respuestas que buscas. Seguro —continúa diciendo.

—Graa...cias —digo entre lágrimas abrazando a Marta.

—Lo guardó y me dijo que te lo enseñara cuando creyese que estabas preparada para leerlo... y creo que este es ese momento —expresa llorando también.

—Te quiero mucho.

—Yo también. Y como siempre hemos dicho: somos hermanas de corazón.

CAPÍTULO 10
LA VERDAD DE MI VIDA

Julia

Abro los ojos. Los tengo hinchados de tanto llorar. Me doy la vuelta y ahí está Andrea. Ayer me quedé dormida en sus brazos tras haber leído parte del diario, en el que descubrí que mi madre biológica había sido asesinada mientras prestaba servicios sexuales a un hombre. Yo, al parecer, tenía un año y fui salvada por mi «hermano».

«¿Qué hermano? ¡Yo no tengo ningún hermano!... O ¿sí que lo tengo? ¿Dónde está? ¿Qué fue de él? No entiendo nada». Los pensamientos se agolpan en mi cabeza. No he conseguido dejar atrás estos pensamientos, aunque sí que he podido dormir un buen rato.

Según leí anoche, mi hermano tiene siete años más que yo. Pero no pude leer más, no tuve fuerzas. Me da mucho miedo pensar que toda mi vida haya sido una mentira para ocultar un hecho tan atroz como el asesinato de mi madre... Aunque sé que soy adoptada, nunca se me podría haber pasado por la cabeza que me adoptaron por ese motivo. Ya que, aunque ya me explicaron en su día que mi madre había fallecido, la manera en la que sucedió me hace temblar de miedo. Pero aún más terror me causa pensar en mi hermano. «¿Cómo lo ha debido pasar si fue él el que me salvó la vida? Él realmente lo vio todo y se encargó de que yo no lo hiciera».

Estoy a punto de desfallecer, pero Andrea abre los ojos y me ve de nuevo llorando y con los ojos rojos.

—Tienes que ayudarme… —digo sollozando—. Necesito encontrar a mi hermano.

Me abraza asintiendo a mi petición. No hace falta que diga nada más. Solamente necesito su apoyo y sé que lo tengo.

De repente, me vibra el móvil, miro la pantalla y veo que es Luis.

Hola Julia ☺ Como ya sabes, trasladan a Ana a un lugar cercano a la casa de sus padres, que sepas que lo hacen a las cuatro de la tarde… más que nada para tenerte informada. Un beso 🙈

Me quedo atónita y empiezo a mantener una conversación con Luis.

¿Cómooooooooooo? 🎧

¿No te lo dijo el psicólogo nutricionista? 😨

En ese mismo momento, me acuerdo de que no leí el mensaje de *WhatsApp* que me envió ayer. Se me pone un nudo en el estómago y me apresuro a leerlo antes de contestar a Luis.

En el mensaje, prácticamente, pone que trasladan a Ana a otro hospital donde estará vigilada y, al mismo tiempo, cerca de sus padres. También me cuenta que han hablado de su problema con las compañeras de trabajo. Además, me manda recuerdos de parte de Ana, diciendo que me quiere mucho y que me va a echar de menos.

¡Sí, sí! Tenme informada, por fa ☺

Quiero mucho a Ana, pero en estos momentos tengo que descubrir la verdad de mi vida.

Ok. Un beso 😘

Dejo el móvil en la mesilla, doy un beso a Andrea y me dirijo al baño para darme una ducha y así despejarme. Tengo mucho trabajo por delante. Hay que ponerse en marcha.

Pero mi cabeza da un vuelco cuando pienso en quién puede ser el asesino de mi madre. Me entra más miedo. Mucho más miedo. «¿Quién podría hacer algo así?», pienso repetidamente mientras la alcachofa de la ducha empieza a funcionar. «Al menos Ana ya está mejor».

Mis preocupaciones minan mi moral, pero el hecho de saber que mi amiga se encuentra mejor, me alivia un poco. Ahora tengo toda mi mente trabajando para descubrir qué pasó con mi hermano, mi madre, el asesino y con mi vida entera. Aunque sé que no estoy sola, nadie realmente puede entrar en mi cabeza como lo están haciendo esos «recuerdos no recordados».

Tras la ardiente ducha me seco y me visto para ir a trabajar al restaurante. Mientras tanto me visto, Andrea es el que ocupa el baño. La verdad es que la vida con él está resultando ser la felicidad máxima y un apoyo incondicional. «¿Quién lo iba a decir?». Tras arreglarnos, salimos de casa y vamos paseando tranquilamente al trabajo: son las 12 de la mañana.

—¿Qué crees que debo hacer? —pregunto con voz angustiada.

—¿Sobre qué? Creo que hay muchas cosas que deberías resolver, sobre todo por tu salud mental.

—Creo que voy a pedir a Federico unos días para poder terminar de leer el diario y ordenar todas las ideas —expreso algo más decidida—. Yo ya sé que soy adoptada, pero realmente no sabía hasta ayer esta parte de mi pasado… Además, no sabía tampoco que tuviese un hermano… nadie me lo ha dicho nunca.

Estoy triste, preocupada, angustiada… Andrea está perdido. Sé que se hace el duro, pero tampoco es fácil para él. No lo está pasando nada bien viéndome así. Es muy difícil enterarse de tantas cosas de golpe.

Llegamos al restaurante y nos dirigimos a un despachito que montó Federico para ordenar todo el papeleo sobre el restaurante. Dudo si llamar a la puerta, pero finalmente Andrea se adelanta y lo hace por mí.

—¿Se puede pasar, Federico?

—Sí, claro. Pasad. ¿Qué necesitáis? —contesta Federico amablemente. Se nota que se ha levantado con el pie derecho, el contrario al de todas las mañanas.

Nos sentamos en las dos sillas que tenemos enfrente y me quedo cabizbaja mientras Andrea habla con decisión.

—Julia necesita hablar contigo de un tema bastante delicado.

—No me vas a decir que te vas, ¿verdad? —contesta Federico con una mueca en la cara.

—No para siempre, pero sí que necesito unos días – contesto con la voz ahogada y los ojos llorosos.

—¡¿Qué ocurre?! ¡¿Le ha pasado algo a tu amiga?! —pregunta preocupado.

—No, ella está en buenas manos, gracias a Dios. Es sobre mí. Mi… pasado —contesto mientras alargo la mano, temblorosa, entregándole un recorte de periódico.

ASESINADA UNA MUJER Y RESCATADOS SUS HIJOS EN EL LUGAR DEL CRIMEN

El asesino en serie con el alias «Camisón Morado» es el supuesto criminal que ha acabado con la vida de una mujer con iniciales A. P. L. Con este crimen, se cree que puede volver a actuar en cualquier momento con otra víctima de las mismas características profesionales. Aún sigue en paradero desconocido.

En la madrugada del jueves 28 de diciembre, se ha hallado muerta en la bañera de un apartamento a las afueras de la ciudad a una mujer que ejercía la prostitución. La víctima presentaba signos de violencia; y aunque todavía están haciendo la autopsia del cuerpo, las primeras impresiones de la policía forense es que la muerte se ha debido a un estrangulamiento. La víctima, al parecer, tenía moratones en las muñecas y en el cuello.

Sus hijos de corta edad, 1 y 8 años respectivamente, se encontraban escondidos en el armario y han sido encontrados por el agente Conesa. Ambos han sido trasladados a un centro de menores para averiguar si existe algún familiar que se pudiera hacer cargo. Si esto no fuese posible se quedarían a disposición de un centro de menores estatal.

—¿Qué es esto? —pregunta perplejo.

—Yo soy ese bebé —contesto señalando al bebé que aparece en brazos del agente Conesa en la foto que acompaña la noticia.

—Pues no es por asustarte, pero han reabierto el caso hace unas cuantas semanas. Lo están dando todos los días en el telediario. ¡¿No lo has visto?!

Niego con la cabeza y Federico me mira ensimismado y sorprendido al mismo tiempo. De repente, se pone a teclear como un poseso en su ordenador y tras dos minutos gira la pantalla para que Andrea y yo podamos ver el contenido que nos está mostrando. Es la emisión del telediario de hace unos días. Le da un clic al botón izquierdo del ratón y empieza el vídeo. En este, se ve cómo una reportera entrevista al ahora sargento Conesa. Parece un hombre de aproximadamente 40 y muchos, con el pelo canoso y bigote. La verdad es que es atractivo, pero a la vez parece muy serio. Como un resorte, cojo el recorte de periódico y mirando ambas imágenes, como si de un juez de silla se tratase, sentencio:

—¡Es el mismo!

—¿Quién, cariño? —pregunta Andrea.

—¡¡¡CONESA!!!

Entonces, Andrea me coge de la mano el recorte de periódico y lo observa con detenimiento. También analiza la imagen del vídeo pausado.

La verdad es que sí que parece la misma persona, aunque con 20 y pico años más. Tiene que ser él. Es el único que puede darme las respuestas que llevo tanto tiempo buscando.

CAPÍTULO 11
EL SARGENTO CONESA

Conesa

Me encuentro sentado en el despacho. Estoy en el despacho ojeando los informes. Son tantos que no dejan ver el color madera de la mesa. En una esquina, un monitor encendido con varias pestañas de Internet abiertas. Estoy inquieto intentando encontrar respuestas. En el suelo, se encuentran las cajas de informes de los casos no resueltos; los que tienen que ver con el perfil de este asesino. Casualmente ha utilizado el mismo *modus operandi* que hace veinte años. Algo se me tiene que haber pasado por alto, aunque claro, hace veinte años yo era un simple agente. Aunque el asesino dejó varios cabos sueltos para poder analizar, realmente no se le llegó a encontrar. Ahora se le nota más sofisticado, pero, aun así, seguro que puedo agarrarme a algo.

    Me levanto posando mis manos en las lumbares. Me duelen. Ayer no dormí nada bien. Empiezo a observar la cantidad de recortes que tengo en la pared. Todos son de mujeres asesinadas de las que no se ha encontrado al responsable. Todas ellas, con el mismo *modus operandi* y, además, con la misma profesión. Todas eran prostitutas.

De repente, alguien llama a la puerta y me sobresalto.

—¿Sí? ¡Adelante!

Una muchacha entra en el despacho con un gran abrigo empapado. Sin mediar palabra saca de su bolso un recorte de periódico, algo húmedo por la lluvia, y alargando la mano me lo deja sobre el escritorio.

—¿Usted es él? —pregunta indecisa.

Cojo el recorte de periódico. En este, se ve una noticia con una foto y en ella aparezco con algo más de 20 años menos. Me acuerdo de ese día como si fuera ayer.

—Sí. ¿Por qué lo pregunta, señorita?

—Yo soy el bebé —expresa quitándose la capucha del abrigo.

Me quedo atónito y la invito a sentarse amablemente. Julia se quita el abrigo y lo deja en el respaldo de la silla. Después, se sienta y mete sus manos entre las piernas para calentarlas un poco.

—¿Cuál es el motivo de tu visita, Julia?

—¡Ah! ¿Se acuerda de mi nombre? —pregunta desconcertada.

—Pues claro que me acuerdo. Jamás olvidaré aquel día.

—Yo… me acabo de enterar hace unos días de todo esto y tengo muchas preguntas que hacerle… Es usted el único que puede ayudarme —explica con lágrimas rodando por sus mejillas.

—Primero, tutéame. Llámame Miguel, por favor.

—Me parece bien —dice ella con una leve sonrisa y sorbiéndose los mocos.

Le acerco la caja de pañuelos que tengo en la mesa para que coja uno.

—Acabo de descubrir que mi vida es una mentira y solo usted... perdón, tú, puedes ayudarme y contarme la verdad. ¿Tengo un hermano?

—Sí, tienes un hermano. ¿Pero no te lo había contado... Irene? Creo que se llamaba así, ¿no?

—No. Solo me llegó a contar que yo tenía otra mamá que había fallecido y que ella me había adoptado, pero no todo lo demás...

Julia saca un cuaderno de su bolso y me lo enseña.

—Me lo ha dado Marta, mi hermana. Ella prometió a mi madre que me lo daría cuando estuviese preparada... y parece ser que creyó que este era el momento.

—Julia —empiezo a hablar cogiéndole una mano cariñosamente—, yo estoy aquí para resolverte todas las dudas que tengas. ¿Qué es lo que necesitas saber?

—Pues lo primero que necesito saber es todo lo que me puedas decir sobre mi hermano. Necesito encontrarle y saber al menos que está bien. Yo no me acuerdo porque era muy pequeña, pero él supongo que sí porque es más mayor que yo.

—Sí, creo que tenía ocho años en ese momento y tú estabas a punto de cumplir uno. Él te tenía fuertemente abrazada dentro del armario y no te soltaba. Te tapó los ojos con la manga de un jersey que encontró para que no pudieras ver nada desde dentro. Desgraciadamente, él lo vio todo. Gracias a él tenemos esta conversación ahora mismo y el testimonio visual directo de cómo actuó el asesino de vuestra madre.

—¿Y sabes dónde está ahora? – contesta sollozando.

—Pues, tendría que mirarlo…, pero, que yo recuerde, la última vez que lo vi se encontraba en un centro de rehabilitación terapéutica psicológica. Lo que vio fue muy duro y la verdad es que tenía muchas pesadillas, aun siendo adolescente no podía superarlo. La última vez que lo vi fue allí, pero claro… eso fue hace 15 años aproximadamente. Desde ahí le perdí la pista. Era un tema del Estado y realmente yo no pintaba nada allí. Le iba a visitar porque era la primera persona que vio después del asesinato y los médicos creyeron oportuno que fuera a visitarle de vez en cuando. Fui durante unos cinco años, una vez al mes. Pero a ti también te llevó Irene alguna vez. ¿No te acuerdas?

—Irene murió cuando yo tenía seis años. Un accidente en el autobús. Ella realmente me salvó la vida. El conductor dio un frenazo, era un día de lluvia y la carretera estaba muy peligrosa… debieron chocar bastantes coches y… mucha gente resultó herida… —explicaba mientras seguía sollozando—. La verdad es que aquel día no se me borra de la mente y tengo bastantes pesadillas todavía. Aunque también tengo otras muchas, pero una de ellas es esa. Se repite todavía más desde hace un año… ¿Cómo se llama mi hermano?

—Pues se llama Enrique… bueno, a él le gustaba que le llamase Quique. Pero posiblemente haya cambiado de nombre por el tema de la protección de testigos. Lo más seguro es que ya no se llame así… —expreso pensativo—. Mira, vamos a hacer una cosa… Yo voy a mirar papeleo y a buscar en el ordenador para ver si puedo averiguar algo sobre tu hermano. De todas formas, si quieres escribe en un momento una carta para él y veré lo que puedo hacer. Pero, obviamente, solo es decisión suya el querer o no ponerse en contacto contigo.

—Vale. Muchas gracias, de verdad —expreso sonriendo.

Julia se levanta de la silla tras escribir la carta y me ofrece un abrazo mientras las lágrimas le caen por las mejillas.

—Gracias por lo de hace años, y gracias por lo de ahora.

CAPÍTULO 12
LA ÚLTIMA VISITA

Julia

Bajamos del autobús. Hay que tener cuidado porque justo en la acera hay un gran charco; a causa de la lluvia que hace rato está cayendo. Frente a nosotras, se encuentra un gran edificio de color gris sin apenas ventanas y una escalinata enorme para poder acceder a la puerta principal. Irene me agarra de la mano porque hay muchas hojas en el suelo y mis pequeños pies cubiertos por unas katiuskas color rosa no inspiran mucha confianza. Es un escenario totalmente otoñal. El suelo está húmedo y cualquier paso en falso puede hacer que me resbale.

Nos disponemos a subir la escalinata. Según vamos subiendo, la puerta se ve aún más grande de lo que parecía desde lejos. Han debido echar algo de sal en los peldaños ya que parece que ha helado esa noche.

Irene llama al timbre mientras yo tirito de frío. Se oye el ruido que indica que nos dejan pasar y que la puerta está abierta. A la derecha hay una mesa custodiada por un guarda. Es muy grande y voluminoso, aunque tiene pinta de ser buena gente. Irene dice su nombre y enseña su documento de identidad. Pone sus enseres personales en una cinta y las dos pasamos por el arco de seguridad.

Las paredes son muy blancas y justo enfrente tenemos la opción de subir por las escaleras o de utilizar el ascensor. Optamos por la segunda e Irene pulsa el botón «4». Sube muy lento. Incluso más de lo normal. Aprieto la mano a mamá, con fuerza, mientras miro a los demás señores que han subido detrás de nosotras. Va parando en distintas plantas hasta que llegamos a la cuarta: «Psicología Terapéutica para Adolescentes».

Salimos del ascensor y nos dirigimos a un mostrador donde había una señora que nos sonríe amablemente.

—¿A quién vienen a ver? —pregunta la enfermera.

—Enrique Pérez Lugo.

—¿Y esta niña tan preciosa también entra? —pregunta mirándome con una gran sonrisa, mientras me da una piruleta de fresa con forma de corazón.

—¡Sí! ¡Vengo a ver a mi tato! —contesto con un tono más alto de lo normal.

—La 414, entonces. Se va a poner muy contento cuando os vea, ya verás. Hicieron una excursión el otro día al cine y seguro que tiene muchas cosas que contaros. ¡Pasad!

—¡Gracias! —contestó Irene.

La recepcionista pulsa un botón y se abre otra puerta que da a un pasillo muy largo, casi interminable. Mientras vamos avanzando por el pasillo de baldosa, voy diciendo en voz alta los números de las habitaciones hasta que estamos frente a la 414. Mamá llama a la puerta.

—¿Quién es? —responde una voz juvenil.

—¡¡¡¡¡Soyyyy yoooooo!!!!! —grito apasionada.

De repente y de manera muy rápida se abre la puerta. Quique se abalanza cogiéndome en brazos y acurrucándose junto a mí.

Una mano me agarra fuertemente separándome de mi hermano y arrastrándome por el pasillo. Quique grita, pero cada vez lo oigo más lejano. El pasillo no termina y su agonía tampoco…

Me despierto bruscamente, sudada y con los ojos vidriosos. Me siento desorientada. Miro a mi alrededor y veo que estoy en el sofá de casa. «¿En qué momento me he quedado dormida?», pienso. Estoy muy confusa y me siento muy angustiada. No me puedo desahogar con Andrea porque está trabajando en el restaurante. Tampoco puedo llamar a Ana porque está en un proceso de rehabilitación. Me siento sola. Intento analizar el sueño. «¿Esto ha sido una realidad encontrada o fruto de la sugestión provocada por la entrevista con el sargento Conesa?».

Pero, en un momento de lucidez, me doy cuenta de que realmente no estoy sola. Cojo el teléfono móvil y selecciono el nombre de «Marta» en la pantalla táctil. Suenan varios *bip* y después descuelgan:

—¿Sí?

—Hola Marta. ¿Puedes hablar un rato?

—¡Sí, claro! ¡Dime!

—Es que he tenido otra pesadilla… y ya no sé si es real o no. Estoy hecha un tremendo lío… —contesto con la voz entrecortada por la bola que siento en la garganta, seguramente fruto de mi ansiedad.

—¿Has leído ya el diario verdad?

—Sí…

—¿Y qué es lo que has soñado exactamente?

—Pues a ver… primero tengo que decirte que encontré al agente que nos rescató a mi hermano y a mí del armario… bueno… realmente ahora es sargento…

—Em… ¿qué?

—Pues eso…

—A ver, Julia… Frena… Yo no he leído el diario. Lo sabes, ¿no?

—Ah… pero yo creía…

—Pues ya ves que no —contesta Marta con una gran carcajada producida por el momento de confusión.

—¿Puedes venir a casa y te cuento todo mientras cenamos?

—No puedo, reina. Tengo a Lucía mala con catarro. Si quieres me puedo meter en *Skype* y así me lo explicas mejor.

—Vale, en cinco minutos estoy.

Me levanto del sofá y voy a la habitación a por el portátil. La verdad es que va ya bastante lento, pero para lo que lo uso, me vale. Es de color granate, por eso mismo lo cogí en su día. Siempre me ha gustado el color rojo… Es el color de las mariquitas, de mis vestidos favoritos y del tomate… Me río solamente de pensarlo. Enciendo el ordenador y, lento pero seguro, empieza a iniciarse *Windows*. Como tarda un poco más de lo normal en encenderse, voy a la cocina a prepararme una tila… esa bebida que muchas veces me ha salvado de las taquicardias y la locura. Sí, es mi gran aliada.

Me vuelvo a sentar en el sofá con la tila y todavía está cargando. De repente, recibo un mensaje de *WhatsApp*:

Estoy esperando…
estáaaaas? 😶

Siiii!! Espera que se está encendiendo 😊

A ver si cambias ya de portátil que… vaya tela lo tuyo jajajaja 😁

Por fin, aparece la foto del salvapantallas para que ponga la contraseña; tras ello aparece la de escritorio. Es una foto prediseñada de *Windows,* pero me gusta mucho, así que decidí no cambiarla. Abro *Skype* y ahí está mi hermana conectada. Comienzo la videollamada.

—A ver, ¡cuéntame!

—Empiezo por el principio. Me he enterado de que tengo un hermano, que mi madre fue asesinada por un asesino en serie que supuestamente ha vuelto a la acción y que el que nos salvó sacándonos del armario donde estábamos escondidos en la escena del crimen ahora es el sargento Conesa, antes era agente vaya… Total, que fui a hablar con él esta mañana y le pregunté sobre la identidad de mi hermano. Él, básicamente, lo que me dijo fue que se llamaba Quique, pero que seguramente al ser un testigo visual del asesinato le cambiaron el nombre por si las moscas.

—A ver… espera… —contesta estupefacta—. O sea, me estás diciendo que tienes un hermano que no sabes quién es y que tu madre biológica fue asesinada por un tío que ha vuelto a actuar… ¿cierto?

—Ahaaam…

—Pero, si tu hermano y tú estabais en el armario… ¿cómo iba a ser testigo visual del asesinato de tu madre?

—Al parecer, según la charla que tuve con el sargento Conesa, era uno de estos armarios que tienen como lamas, que no se ve lo de dentro... pero que desde dentro puedes ver lo de fuera. Entonces, ese tema salió en los medios de comunicación y por eso cambiaron el nombre de Quique.

—Vale, entiendo... y entonces... ¿Cuál fue la pesadilla?

—A ver... —Empiezo a contar después de dar un trago a mi tila—... Bajábamos mamá y yo de un autobús. Estaba muy mojado todo, había llovido mogollón. Me acuerdo porque en el sueño había charcos y yo iba con katiuskas. El caso es que entrábamos en un edificio que parecía ser un hospital o algo así y después de pasar por seguridad y tal aparecíamos en la puerta de una habitación y salía mi hermano y me abrazaba. Hasta ahí más o menos bien... pero el momento horroroso es cuando una mano me agarra hacia atrás alejándome de mi hermano y de mamá. Me he despertado superangustiada y no sé muy bien lo que significa, la verdad...

El rostro de Marta se oscurece de repente. Se ve como se le van llenando los ojos de lágrimas y no puede articular palabra.

—¡¿Qué pasa?! —pregunta Julia preocupada.

—Pues que creo que eso puede ser verdad, lo último puede que sea algo simbólico... pero el resto sí que puede ser real. Mira... todos los sábados mamá y tú os montabais en el coche mientras yo me quedaba con papá en casa haciendo maquetas o puzles. Ahora entiendo que era como una distracción. Veía algo raro, ibais todas las semanas... yo iba a cumplir 16 años y tampoco era tonta... Total... que sé que todas las semanas ibais en coche, pero sé que un día os fuisteis en autobús porque el coche no funcionaba.

Marta comienza a llorar sin remedio y no sé muy bien cómo reaccionar porque tampoco sé muy bien lo que le pasa.

—¿Y qué hay de malo en que ese día fuésemos en autobús?

—Pues que ese día debió ser la última visita... porque también fue el último que vimos a mamá.

CAPÍTULO 13
UN REGALO OCULTO

Julia

Después de hablar con mi hermana, no he podido pegar ojo en toda la noche. La verdad es que nunca me había imaginado que la vida me iba a zurrar de esta manera. No paro de darle vueltas a la cabeza mientras Andrea duerme a mi lado. Siempre he pensado que soy la cabeza loca de la relación, y razón no me falta... mi mente es un conjunto de cables que se interconectan por todos lados y que, a veces, se enredan... sí, como los cables de los auriculares.

Miro el despertador digital: son las 05:18. Me siento en la cama. Me cuelgan las piernas, ya que no soy especialmente alta. Cojo la botella de agua que hay en mi mesilla y doy varios tragos cortitos. Cuando bebo muy de golpe no me sienta muy bien. Después me levanto, me pongo las zapatillas y me dirijo al baño. Voy a hacer mis necesidades vitales, lógicamente y, después, me mojo la cara con agua caliente. No puedo dormir y eso siempre me resulta muy incómodo. «¿Por qué no puedo dormir si es lo que quiero?».

Entro en la cocina, abro la nevera y saco el zumo de naranja. Me lo echo en un vaso y eso sí que me lo bebo de un trago. Me encanta el zumo superácido, aunque muchas veces me dé ardor de estómago. Dejo el vaso en el fregadero y me dirijo al sofá, quizás allí pueda conciliar el sueño.

Cojo una manta que hay en una silla y me tumbo. Tengo mucho frío… la verdad es que a estas alturas del año es normal: estamos en diciembre. Y hablando de diciembre… tenemos que pensar en los planes para Nochebuena, Navidad, Nochevieja, Año Nuevo… También tenemos que pensar dónde y cuándo poner el árbol de Navidad y el Belén.

De repente, me levanto y empiezo a dar vueltas imaginándome los adornos de Navidad por allí y por allá. «Tengo que relajarme un poco», pienso para mí misma. Me siento en el sofá con las piernas cruzadas como un indio y me tapo con la manta. Cojo el móvil y el *WhatsApp*.

Marta, ¿cómo lo vamos a hacer estas navidades? ☺ 🖤

Lógicamente, no me va a contestar a las seis menos cuarto de la mañana, pero, al menos, ya he abierto una conversación al respecto. De todas maneras, también tendré que hablar con Andrea, porque sus padres vienen para pasar con él las fiestas.

No sé cómo puede estar sin sus padres y su familia cerca. Algunas veces hablan por *Skype*, pero creo que no es lo mismo, no los ve nunca, excepto en las festividades más señaladas. Aun así, a él no parece importarle; nunca se han llevado del todo bien. Andrea cree que su hermano pequeño siempre ha sido el favorito y no considera que su padre haya sido objetivo con la educación y los caprichos de cada uno. Sin embargo, su madre pasa mucho de todo y solamente se dedica a su trabajo, apenas para por casa.

Ellos siempre quisieron que Andrea fuese abogado, pero, realmente, a él no le gusta nada ese mundo. Es más, empezó a estudiar la carrera de Derecho en Italia, pero lo que le apasiona es el idioma español y la cocina. Se sentía solo en su casa, no era su hogar. Las pocas veces que hablaba con sus padres acababan discutiendo sobre temas absurdos, y llegó el momento en el que Andrea decidió callarse la boca por comodidad. Simplemente, salía de casa para estudiar en la biblioteca; el problema es que su rumbo cambiaba en cuanto sus padres no miraban por la ventana, su dirección era clara: la escuela de cocina.

Llegó un día en el que se enteraron de que no quería ser abogado, que quería ser cocinero y montar su propio restaurante de comida italiana en España. Se enfadaron tanto que no le hablaron durante semanas, hasta que, por fin, fue Andrea el que rompió el silencio para expresarles sus sentimientos y dejarles claro que se iba de esa casa.

Lloró durante meses, pero ha sido la mejor decisión de su vida. Muchas veces habla conmigo de los planos, los papeles que tiene escritos con todas las ideas del restaurante que quiere montar. Últimamente, lo tiene más que claro: el restaurante se llamará *Julia*.

Salgo de mis pensamientos y me doy cuenta de que Andrea se ha despertado y está frente a mí.

—¿Qué haces despierta a estas horas, cariño? —expresa con voz ronca.

—No sé, no puedo dormir y me he venido al salón a pensar cómo podemos organizar las navidades.

—Y ¿por qué esa cara triste? —expresa Andrea abrazándome.

—Porque estoy muy agobiada por lo de mi madre y mi hermano —susurro comenzando a llorar.

Andrea deja de abrazarme y me seca las lágrimas que bajan por mis mejillas. Sé que no soporta verme llorar.

—Vamos a la cama y mañana lo pensamos todo y ponemos el árbol de Navidad si quieres, ¿vale?

Asiento con una sonrisa. Estoy contenta de tener a Andrea a mi lado en estos momentos tan difíciles. Nos echamos en la cama y me abraza fuerte. En poco rato, me quedo dormida sabiendo que junto a él nada malo me pasará.

Abro los ojos, miró el despertador: son las 11:46. Andrea ya no está a mi lado, pero oigo desde el dormitorio el sonido de la cafetera. Estiro los brazos, suspiro y me levanto de la cama. Arrastrando las zapatillas, llego hasta la cocina donde, como ya he supuesto, está Andrea. En la encimera se encuentra la bandeja del desayuno con todo preparado: dos cafés con leche, dos *croissants* (que huelen a recién hechos), dos vasos de zumo de naranja y cuatro onzas de chocolate negro. Sin que pueda decir nada, Andrea me da un beso en los labios y, acto seguido, coge la bandeja y se la lleva al salón poniéndola sobre la mesita. Estoy totalmente impresionada porque sé que es detallista pero no lo había podido averiguar nunca por mí misma.

Mientras desayunamos en el sofá, no puedo dejar de dar vueltas a la idea de encontrar a mi hermano. Además, sería increíble encontrarle y pasar las navidades con él y poder presentárselo a mi familia. Me haría muchísima ilusión.

—¿Qué piensas? —me pregunta Andrea de manera repentina.

—… Nada, nada… estoy pensando en mis cosas… —contesto aturdida. Últimamente, pienso demasiado y no presto atención a las cosas que pasan a mi alrededor– Lo siento cariño.

—No pasa nada, te entiendo… —expresa tiernamente mientras me acaricia la cara.

—¿Te puedo preguntar una cosa?

—¡Claro!

—Entonces… ¿Puedo decirle a mi hermana que cuente contigo para Nochebuena o al final vienen?

—No, este año les toca quedarse con mi hermano… como si no lo vieran todos los días —contesta molesto. Se nota que ese tema le afecta, aunque nunca lo exprese con claridad. Es muy orgulloso.

Le abrazo y me levanto del sofá para llevar las bandejas a la cocina. A la vuelta, Andrea está de pie en el armario de la entrada.

—¿Qué haces ahí? —pregunto extrañada.

—Pues lo que te dije anoche. Poner el árbol de Navidad —contesta con una sonrisa de oreja a oreja.

Con un grito de alegría, colaboro para sacar las cajas con el abeto y los adornos. Además, también tenemos ciertas cosas para poder poner en el techo y en las paredes: espumillones, angelitos, estrellas de purpurina… Cuando veo los angelitos, me acuerdo automáticamente de mi sobrina. A ella le encanta la figura del ángel. «Podría aprovechar esa idea para hacerle un regalo de Navidad», pienso. Seguimos sacando adornos y todos me recuerdan a algo; la mayoría son parte de mi infancia, de mi inocente infancia… Otros los he ido comprando con el tiempo y apenas poseen recuerdos que puedan calar en mi interior. Y, los últimos, los he comprado con Andrea hace apenas una semana; seguro que esos sí que tendrán su historia, digna para recordar más adelante.

Andrea saca la escalera del armario para poner en el techo las estrellas de purpurina, mientras yo voy poniendo las bolas navideñas en el abeto. Al mismo tiempo, le voy contando quiénes van a acudir a la cena de Nochebuena, nuestras tradiciones…

—Los regalos nosotros tenemos la tradición de darlos en la cena, porque como mi hermana muchos años ha trabajado el día de Navidad… ya estamos acostumbrados —expresó Julia.

—¡Ah! ¡Yo ya tengo algún regalo! —grita alegre Andrea.

—A ver… no es necesario que lleves regalos… Con un detalle para Lucía es suficiente cariño.

—Pues me lo dices tarde… Además, ¡déjame que me hace ilusión!

La casa está quedando preciosa, pero ya es la hora de comer y tenemos bastante hambre, así que pedimos unas hamburguesas para que nos las traigan a domicilio. A Andrea le encantan con queso y beicon, pero no aguanta los pepinillos; al contrario que a mí, que me encantan. Hemos pedido dos menús que vienen con patatas fritas y dos refrescos de cola. No hemos pedido ningún postre porque preferimos un café.

Terminamos de comer y nos preparamos el «postre». Yo lo tomo descafeinado, ya que soy nerviosa de nacimiento. El hecho de tomar el café en el sofá nos relaja. Es un ritual que llevamos haciendo tiempo… el tiempo que llevamos juntos, en realidad.

ANDREA

Julia tarda poco tiempo en quedarse dormida con su manta preferida, ocasión que aprovecho para ir a envolver sus regalos. Bajo al coche a recoger los paquetes y el papel de regalo y me voy a la habitación con los utensilios necesarios, como las tijeras y el celofán. Empiezo a envolverlos intentando no hacer mucho ruido para que no se despierte. La verdad es que hace mucho que no sentía ilusión por algo.

Cuando termino, tengo que buscar un sitio para esconderlos. Me decido por el altillo del armario empotrado, donde Julia guarda la ropa y los zapatos de verano. Nunca la he visto mirar en esa parte del armario, así que es un sitio perfecto. Voy colocando los paquetes estratégicamente pero, de repente, se me cae una caja de zapatos, que choca contra el suelo haciendo un gran ruido.

—¡¡¿¿Quéééé haceeeess??!! —grita Julia desde el salón.

—¡¡Nadaaa!! Estoy bien, ¿eh?...

Julia empieza a reírse a carcajadas. Se sigue riendo ella sola hasta que una intensa tos para su ataque.

Se asoma al umbral de la puerta.

—Estoy escondiendo mis regalos —contesto con carácter pícaro.

—¿Tan pronto? Y, ¿ese tono a qué viene? —pregunta Julia riéndose todavía por la emoción del momento.

—¿Cómo que tan pronto si tú ya tienes uno escondido? Hemos pensado en el mismo sitio para esconderlos o ¿qué?

—¡Si yo no he comprado ninguno todavía...!

—Sí, sí, sí... ¿es el mío? —contesto sonriente.

Julia, ya mosqueada y extrañada entra del todo en la habitación. Le enseño el paquete que se había caído con anterioridad. El papel es el típico de Navidad: es rojo con copos de nieve plateados y unos cuantos renos... A Julia, de repente, se le cambia la cara y se lleva la mano al pecho.

JULIA

Las imágenes se me agolpan en la mente. Estaba terminando de colocar las sillas. Ese día me tocaba cerrar el restaurante, cuando el ruido de la puerta me sobresaltó. Giré la cabeza bruscamente y allí estaba: era Pedro. El frío entró en el local, normal en esa época de diciembre, faltaban tres días para Nochebuena. Según se acercaba, veía como debajo del brazo intentaba ocultar un paquete. Estaba envuelto con un papel de regalo precioso… era rojo brillante con copos de nieve y renos plateados. Sabía que me encanta ese color.

—¡Julia!... ¡¡Juliaa!!... —dice Andrea mientras me zarandea levemente.

Vuelvo a la realidad. Estoy pálida y mi corazón late rápidamente. Otra vez vuelven a mi vida los recuerdos, aún muy latentes, de Pedro. Empiezo a abanicarme con la mano, tengo mucho calor. Andrea se va corriendo y, al poco, vuelve con un vaso de agua.

—¿Qué te pasa? ¿Estás mejor? —expresa preocupado.

—Sí, estoy bien —le digo acariciándole la cara suavemente—. Es un regalo de Pedro…

A Andrea le cambia la cara en el instante en el que menciono su nombre. Ese hombre que hizo que nos enfadásemos y distanciásemos tanto tiempo ha vuelto a nuestros pensamientos. No sé cómo reaccionar.

—Y… ¿no lo has abierto?

—No… —contesto cabizbaja. Sé que a Andrea le molesta hablar de ese tema, así que me siento algo culpable por tener guardado aún ese regalo—. No sé… lo guardé ahí y casi ni me acordaba… Es como un regalo oculto.

—¿Cómo que casi?

—Andrea, no empieces. Sabes que está olvidadísimo...

—Bueno, pues si está tan olvidado... ¡Ábrelo!

Cojo el paquete que me ofrece Andrea... Me tiemblan las manos, no sé realmente qué puedo encontrar dentro y me estoy poniendo muy nerviosa. Empiezo a romper el papel y veo un paquete negro que pone *Luxody*. Es la marca que comercializaba Pedro por aquel entonces por lo que me había comentado varias veces. Lo abro y un fino papel de seda malva envuelve el regalo. Es un camisón lencero del mismo color que el papel que lo resguarda. Se me iluminan los ojos... la verdad es que es precioso.

—Mira qué... pícaro... el Pedrito... —masculló Andrea.

—¿Qué?

—Qué viejo verde...

—Dirás madurito verde... —le replico sarcásticamente. La verdad es que Pedro nunca había dado señales de ser una persona muy obscena, puesto que nunca me ha tocado... ni siquiera un abrazo cariñoso. Cosa que, por otra parte, siempre me ha extrañado—. Me lo voy a probar.

Me meto en el baño, para aprovechar y hacer pis, y salgo a los pocos minutos.

—Tenía ojo con la talla, ¿eh? —expreso con tono picarón.

—A ver... que no sirva de precedente... pero la verdad es que te queda muy bien.

—¿Ves? Al final tenéis los mismos gustos y todo...

—No. Yo me fijo en las chicas de mi edad.

—¿Hay algún problema con que lo use? —pregunto.

—No... no... por supuesto que no —contesta Andrea riéndose malévolamente.

—Ven, tonto... —le pido.

Andrea se acerca a mí, nos besamos lentamente y nos tiramos en la cama con pasión. Parece que este camisón nos hace estar mucho más cachondos que de costumbre. No es que hiciésemos el amor todos los días ni mucho menos, pero sí que es verdad que somos muy activos sexualmente hablando.

Hoy, particularmente, todo surge de manera bastante pasional, salvaje. Hoy no hacemos el amor, hoy follamos. Además, me animo a ponerme encima y llevar yo el ritmo, mientras Andrea me besa y me toca los pezones.

Tras unos minutos, yo acabo primero y espero hasta que él termine. En ese sentido, Andrea sabe cómo satisfacerme siempre.

Después del sexo, nos quedamos echados en la cama un buen rato abrazados. Nos besamos y... por qué no... os cuento que repetimos otra vez antes de dormir.

CAPÍTULO 14
LO SIENTO, JULIA

Pedro

22 de diciembre de 2019

Dentro de nada es Navidad, tengo pensado hacer un regalo a Julia, aunque todavía no sé muy bien el qué. Ahora que estoy aquí en casa, tranquilo, con Silvia y con los niños, debería pensar qué regalarle y cuándo llevárselo.

Como con mi familia, unos *spaghetti* muy buenos, aunque no tanto como los que hace Julia. Quizás suene horrible, ya que Silvia es mi mujer, pero es lo que hay... realmente su punto fuerte no es la comida. Es una mujer trabajadora y empoderada. Es profesora de literatura universal y comparada en la universidad. Le costó mucho sacarse la carrera, ya que sus padres fallecieron cuando ella era pequeña y tuvo que trabajar para pagar los cinco cursos de la licenciatura. Estuvo trabajando de teleoperadora, en emisión de llamadas de una importante compañía telefónica y, por lo que me ha dicho siempre, se los metía a todos en el bote.

Mis hijos son todavía muy pequeños, pero constantemente les intentamos inculcar los valores de la empatía, el amor y el respeto, hacia uno mismo y hacia los demás; es tan importante en la sociedad de hoy en día...

Acabamos de comer y los niños se ponen a ver los dibujos animados en la televisión, mientras Silvia se pone a leer un libro en el sofá. Aprovecho para darme una ducha, vestirme y salir a la calle a dar una vuelta y ver si encuentro un regalo para Julia.

Fuera hace bastante frío, lo lógico para un día invernal. Me pongo los guantes que tengo en los bolsillos del abrigo y me froto las manos para calentarlas.

Doy una vuelta por el centro de la ciudad. Voy mirando por la calle principal los escaparates de las tiendas. Entro en unas cuantas, pero, sinceramente, no encuentro nada que me guste para Julia. El regalo tiene que ser algo especial, ya que tengo algo muy importante que contarle... No puede ser cualquier cosa.

Vuelvo a casa bastante desilusionado, no traigo nada para ella. Aunque, bueno, al menos he cogido un papel de regalo rojo con renos y copos de nieve superbonito. Sea lo que sea que le vaya a regalar, al menos tendrá un envoltorio vistoso y navideño. Aprovechando la salida, cogí algo para Silvia y los niños, así que lo meto en el armario, al fondo, para que nadie lo pueda ver.

A lo tonto, se ha hecho la hora de la cena. Una sopita de pollo y verduras calentita para entrar en calor es lo mejor para un día como este.

Acuesto a los niños mientras mi mujer recoge la cocina y después vuelvo al salón. Nos ponemos una película en *Netflix*, una de esas navideñas. El problema es que no le estoy prestando mucha atención. No puedo dejar de pensar en que no tengo ningún detalle para Julia.

Tras poco más de hora y media, acaba la película. Silvia está dormida en mi regazo. Me río... siempre le pasa lo mismo, está supercansada del trabajo. El ejercicio mental que realiza en la universidad y en casa preparando las clases es brutal... normal que se quede dormida. Apago la televisión, la cojo en brazos y la meto en la cama. Le doy un beso en la frente y me voy a cepillar los dientes.

Mientras me los cepillo, me miro en el espejo. Últimamente tengo un aspecto espantoso. Tengo ojeras y bastantes patas de gallo. Aunque bueno, creo que eso, en parte, me hace una persona atractiva. Cuando termino me voy a la cama e intento dormir... Mañana será otro día.

Las 08:15 de la mañana marca el reloj digital de mi mesilla cuando me despierto. No he dormido muy bien, he estado dando vueltas en la cama hasta altas horas de la madrugada. Aunque ese problema de insomnio siempre lo he tenido, últimamente se me está haciendo cuesta arriba.

Me levanto y voy al baño. Me siento en el sofá y me pongo a pensar, de nuevo, en el regalo de Navidad. Mi vista, automáticamente, se va a mi maletín, en el que aparece la marca para la que trabajo: *Luxody*. De repente, se me viene una idea a la cabeza. Voy a por el maletín y lo abro. En él siempre llevo unas muestras de nuestros productos.

Después de sacar todo, encuentro lo que busco: los camisones de raso. Son un poco cortos, pero bueno, no pasa nada. Lo único que me falta es elegir el color del camisón: rojo o morado. Tras un rato pensando, voy a por una cajita, meto el camisón elegido y... El llanto de mi hija me sobresalta.

Silvia, ya despierta, se encuentra en su habitación y cogiéndola en brazos le dice que le va a poner *Peppa Pig* en la televisión. Me doy cuenta de que tengo todo revuelto, pero no importa, enseguida me voy a la cocina a calentar leche para mi hija pequeña. La pobre habrá tenido una pesadilla.

Al volver al salón, veo que mi hija está toqueteando todo el maletín del trabajo y le quito la caja del regalo, ya cerrada, rápido y corriendo. Le doy el vasito con la leche calentita y me voy a la habitación. Silvia está duchándose, así que aprovecho para envolver la caja con el papel de regalo que compré ayer.

Una vez hecho, me despido de mi mujer y de mi hija. Le doy un beso a mi hijo, que aún está dormidito en su cama, y me voy. Tengo que ir hasta donde vive Julia para poder darle el regalo. A mi mujer le he puesto la excusa de siempre: el trabajo. No quiero que piense nada raro, pero en estas circunstancias es necesario decir alguna mentirijilla que otra.

Paro a la hora de comer en un motel de carretera. Estoy nervioso, no sé si le gustará el regalo y, sobre todo, si le gustará lo que le tengo que decir. Quizás me mande a la mierda, pero creo que ya es hora de ser sincero.

Después de comer, vuelvo al coche y después de unas dos horas estoy en el pueblo en el que vive Julia. Aun así, todavía es pronto y está trabajando. Voy a aprovechar, quizás puedo vender algo de la marca por la zona. Así, realmente, luego no me sentiré tan culpable por mentirle a mi mujer.

Tras una tarde agotadora, ya es de noche. Estoy muy nervioso. Me voy acercando dando un paseo hasta el restaurante. Ahora hace más frío que ayer, hasta me sale vaho por la boca.

Pronto estoy en la puerta del restaurante. Está abierto, así que para darle una sorpresa entro en el local. El restaurante está a oscuras, pero la cocina tiene luz, así que asumo que está terminando de limpiar. Espero allí, en silencio. En poco más de cinco minutos, veo a Julia salir de la cocina y me ve. Se abraza con los brazos, supongo que ha entrado un poco de frío cuando entré.

—Hola, Julia. He venido para poder hablar contigo de una cosa muy importante y bueno, también...

—Vale, espera un segundo. Voy a coger mis cosas al despacho del jefe y nos vamos, ¿okey? —me contesta con una sonrisa.

—Vale, aquí te espero —contesto nervioso.

Julia desaparece por una puerta al fondo del local. Me doy la vuelta y miro hacia la calle. La cortina está bajada, pero se ve la luz de la calle a través de las lamas. Una luz fluorescente de color naranja entra por ellas y hace que me estremezca. Me está entrando taquicardia. Me encuentro mal. Me estoy agobiando y necesito salir de aquí. Dejo el paquete de regalo rojo en una de las mesas del local y salgo corriendo. «Lo siento, Julia. No quiero hacerte daño», pienso mientras desaparezco llorando.

Me monto en el coche y cojo la carretera. Sigo llorando, tengo los ojos muy rojos e hinchados. De camino veo un motel de carretera que tiene un bar de alterne al lado. Decido parar. Necesito tomar una copa o algo. Necesito quitarme esta angustia que tengo en el pecho.

Aparco en el *parking* de gravilla, salgo del coche e inspiro profundamente. Se me congelan la garganta y los pulmones. Miro hacia arriba y leo en el cartel luminoso: *Stacey's*.

CAPÍTULO 15
UN REVÉS INESPERADO

Julia

El ruido de la ducha me despierta. Aún sigo rezongando en la cama, aunque sean las once y media de la mañana. Me estoy malacostumbrando. Cuando trabajaba siempre me levantaba temprano para, primero, hacer todas las cosas de casa antes de acercarme al restaurante. Me pongo las zapatillas, aún sentada en el borde de la cama y después de un gran bostezo me dirijo al baño. Andrea ya está secándose con una toalla cuando entro.

—¡Buenos días, cariño! —expresa tras darme un beso en los labios.

—Buenos días —digo con poco ánimo... Pero eso pronto cambia cuando veo los pelos en el desagüe de la ducha—. ¡¿De qué vas?!

Andrea se gira asustado con una gran mueca en la cara. Me río a carcajadas. Nos abrazamos, nos damos un beso y sale por la puerta secándose con una toalla su pelo rizado. Después, la deja en la cama y empieza a vestirse en el dormitorio. Una vestimenta muy simple, eso sí, ya que luego tiene que ponerse el gorro, los guantes y el delantal. Mientras se pone los zapatos, me asomo al quicio de la puerta.

—Un besito que me meto en la ducha —expreso velozmente a la vez que me acerco para recibirlo.

—¡Qué rabia me da!

—¿El qué? —pregunto extrañada

—¡Qué bien te queda ese camisón! —dice mordiéndose el labio inferior.

Me meto en el baño mientras con la lengua fuera y una mueca me termino de despedir de mi novio. Oigo cómo se cierra la puerta y abro el grifo del agua caliente. Cuando estoy a punto de desnudarme, oigo el timbre de la puerta. «Fijo que se le han olvidado las llaves», pienso molesta. Cierro el grifo y me dirijo al salón.

—¡¡¡¡¡Vooooyyy!!!!!

Abro la puerta y no es Andrea el que está al otro lado: es el sargento Conesa. Entra una ráfaga de aire frío provocada por la temperatura de la calle. Él va muy abrigado y con el maletín que todo sargento, al parecer, debe tener. Pero hay algo que no me cuadra. Su expresión cambia de una agradable sonrisa a una mirada atónita e incluso diría que atemorizada.

—¿Te encuentras bien? —digo mostrándome preocupada.

CONESA

No puedo apartar la mirada de ese camisón. El terror no me deja articular palabra. Es el mismo camisón que llevaba puesto Laura, la víctima del *Stacey's*. Un revés inesperado ha azotado mi investigación. Quizás esté más cerca de lo que pienso de poder coger al asesino de todas esas mujeres. Sí, al asesino del «Camisón Morado».

CAPÍTULO 16
CAMISÓN MORADO

Conesa

Sigo atónito apoyado en la jamba de la puerta sin dar crédito a lo que estoy viendo. Julia me está hablando, lo sé, pero no estoy escuchando nada. Siento un zarandeo y vuelvo a la realidad.

—¡¿Qué pasa?! ¡Me está asustando!

—P... Perd... Perdona... ¿Puedo pasar? —pregunto aún con la respiración agitada.

Julia me cede el paso apartándose un poco del umbral de la puerta y señalándome el sofá con la mano.

—¿Quiere un café? ¿Té...?

—No, no... un vaso de agua. Gracias —respondo con una sonrisa algo turbia.

Antes de ponerme el vaso de agua, parece que se percata de que está en camisón delante de un sargento. En un *sprint*, coge una bata. Vuelve al salón, pone el vaso de agua sobre la mesa de centro y se sienta en el sofá. En esta ocasión, Julia abre la conversación.

—¿Sabe algo de mi hermano? —pregunta preocupada por el estado de ánimo que muestro.

—Luego hablamos de eso, pero primero quiero hacerte una pregunta... y mejor tutéame, que ya tenemos confianza.

—Es verdad, a veces se me olvida. Tú dirás, entonces...

—Ante todo, perdona por si la pregunta es algo promiscua... pero... me gustaría saber dónde has comprado ese camisón.

En este momento, la cara de Julia es todo un poema. Su cara de incomodidad lo dice todo. La verdad es que la preguntita es bastante violenta.

—¿Perdón?

—Es muy importante, Julia. ¿De dónde has sacado ese camisón? —expreso con una seriedad propia del caso más importante del mundo.

—Es un regalo, ¿por qué? —responde preocupada.

—A ver... no pretendo asustarte, pero es muy importante que me digas quién te lo ha regalado. Luego te explico todos los porqués posibles.

—Pu... pues... un amigo.

Ella empieza a contarme que ha encontrado el regalo después de un año en el armario. Ni siquiera recordaba que lo había guardado allí, hasta que su novio lo ha visto esta mañana. Me dice que se lo regaló un amigo que se llama Pedro y que no ha vuelto a saber nada de él. Desapareció, de repente, las navidades pasadas y en lugar de una persona, se encontró un paquete de regalo en la mesa. Me sigue contando algunos detalles y después se calla.

Hay un intenso silencio. Tengo un testimonio que me podría dar la prueba definitiva para cerrar el caso que llevo 20 años persiguiendo.

—¿Tienes su teléfono o alguna foto...?

—¡Qué va! Si cuando desapareció lo borré todo. ¡Fuera de mi vida, fuera de mi móvil! Además, yo creo que no pegábamos ni con cola y que parecía muy mayor para mí, todo el mundo me lo decía. Así que mira... maté dos pájaros de un tiro. Y me alegro muchísimo de no haberme besado con él... porque esa noche iba a ser yo la que me lanzara, aunque él nunca me diese pie a ello.

—¿Cuántos años tenía?

—Pues no sabría decirte. Realmente nunca me lo dijo...

—¡Venga! ¡Intenta echarle años! ¿50? ¿55? ¿40?

—¡¡Ayyyy!! ¡¡No séeee!! ¡¡Déjame pensar un segundo!! —expresa agobiada Julia por mi insistencia—. Supongo que unos... 38... 40... no lo sé. Eso sí, te puedo decir que era un hombre con bastantes canas y con bastantes arrugas. Tenía los ojos verdes. Y... qué quieres que te diga... a mí no me parecía tan mayor, pero como todo el mundo me lo decía... A lo mejor yo lo veía con otros ojos... Pero, ¿por qué me preguntas todo esto? ¡No entiendo nada! —sigue hablando Julia con las lágrimas retenidas en los ojos.

—Te lo voy a decir directamente —le digo con tono serio agarrándole las dos manos para intentar tranquilizarla—. El camisón que llevas puesto... ¿Es de raso verdad?

—Sí... —responde Julia con la voz ahogada.

—Es el mismo camisón que han llevado durante 20 años todas las víctimas de un asesino en serie. El mismo que llevaba tu madre... y...

Julia se lleva la mano al pecho y empieza a quedarse pálida. Enseguida, le empiezo a frotar la espalda directamente con mi mano. Intento tranquilizarla, ya que sé perfectamente lo que está sintiendo. He estado ya en muchas situaciones de este tipo… aunque nunca me acostumbraré a ello. Su ansiedad parece que aminora y le ofrezco el vaso de agua que ella misma había dejado antes en la mesa. Lo coge con la mano temblorosa. Bebe un poco y me lo devuelve. Empieza a toser y, poco a poco, inspirando y expirando consigue volver a una estabilidad respiratoria. Alguna vez he tenido ansiedad, pero no he llegado nunca hasta ese punto.

—Pero… No puede ser…

—En todos estos años… he visto que todo puede ser posible, Julia. No te asustes, yo estoy aquí contigo —le digo en tono conciliador—. Y respecto a lo que me preguntaste antes… El juez hará una diligencia para poder poner a disposición de tu hermano el hecho de que le estás buscando para que tenga la libertad de elegir si quiere contactar contigo… Pero tú nunca podrás, Julia. Es todo lo que puedo hacer.

JULIA

Por un momento, los pensamientos se me agolpan en la mente. «Y, ¿si Pedro se había puesto en contacto conmigo para saber sobre mi hermano? Aunque yo nunca le dije que tenía un hermano… solo una hermana… A lo mejor por eso se fue… porque no sabía nada… Él es el testigo del crimen de mi madre, no yo. Pero yo no lo sabía».

—Pero… mi hermano está bien, ¿no?

—Tengo constancia de que sí… aunque yo no sé quién es por cuestión judicial. Tranquila que no le va a pasar nada.

—Y... ¿ahora qué?

—Abriré un dispositivo y pondré vigilancia por la zona. Al haber vuelto a actuar ahora, la cosa está calentita. De todas formas... por si acaso, y no es por preocuparte de más, no salgas sola de casa.

Conesa se levanta y se aparta para hablar por teléfono, mientras continuo en el sofá. Ha sido cuestión de unos cinco o diez minutos. Después, vuelve y se sienta a mi lado para continuar con la conversación, aunque más bien se ha convertido en un interrogatorio.

—Julia, ¿tu camisón tiene etiqueta?

Directamente, me cojo la parte de atrás del camisón y dando la vuelta a la cabeza veo que la etiqueta está cortada.

—No... —expreso con miedo.

—Y... ¿venía en un paquete, una caja, una bolsa...?

—Sí, espera...

Automáticamente, me dirijo al cubo de basura.

—¡¡¡¡Este chico es tonto!!!! ¡¡¡¡Si nunca la baja!!!! — Y corriendo ahora, me dirijo al sargento Conesa —. ¡¡Andrea ha tirado la basura cuando ha salido de casa esta mañana!!

El sargento Conesa salta del sillón, abre la puerta y baja las escaleras rápidamente. Miro por la ventana y lo veo abajo. Los contenedores están vacíos. Vuelve a subir y me pregunta si me acuerdo si ponía la marca del camisón en la caja.

—Pues... *Lexory*... o *Delux*... no sé... no me acuerdo —empiezo a dudar mientras lloro. Realmente no me acuerdo del nombre, está en mi mente pero no puedo dar con él.

Conesa me tranquiliza y, en ese mismo momento, llega Andrea. Y nada más entrar, le pregunto por el nombre de la caja.

—¡¿Qué nombre ponía en la caja del camisón?!

—Pues... no lo sé... Cariño, ¿qué te pasa? —pregunta preocupado Andrea al verme llorar de esa manera.

—Ven, siéntate.

Conesa empieza a explicarle todo con detalle y Andrea no sale de su asombro. Necesitamos solucionar este tema cuanto antes para poder vivir tranquilos. Mira que sospechaba de Pedro... Nunca le gustó. ¿Será verdad que es el asesino del «Camisón Morado»?

CAPÍTULO 17
NÚMERO OCULTO

Julia

Una semana después, 20 de diciembre de 2020

20 de diciembre. Son las diez de la mañana y voy a salir de casa para ir a tomar declaración a la comisaría. No es la primera vez que lo hago, en esta última semana he ido ya dos veces para declarar. Lógicamente, no solo vale con el testimonio y la hipótesis del sargento Conesa para resolver el crimen. Todo tiene un procedimiento. Abro la puerta y un policía vestido de paisano me saluda amablemente. Últimamente, eso también es lo normal. Desde que descubrimos que Pedro podría ser el asesino en serie que llevan buscando hace bastantes años, un policía siempre vigila mi puerta.

En ese mismo momento, me suena el teléfono móvil, es un mensaje de *WhatsApp* de Ana. Sí, Ana. Mi mejor amiga. Por fin parece algo recuperada desde aquel susto en su casa.

Ya es consciente de su situación y quiere mejorar lo antes posible, con lo cual se esfuerza por que así sea. Iba a contestar con soltura, pero el hecho de que tenga el móvil pinchado por la policía, no me da mucha confianza. Así que, últimamente me limito a contestar tajante, directa y sin que haya posibilidad de que se vean dobles sentidos en mis conversaciones. Lógicamente, siguiendo el consejo de Conesa, no puedo decirle a Ana nada de lo que le está sucediendo. Ella ya tiene bastante; aunque me tranquiliza el hecho de que Luis esté ahora con ella de manera más íntima y sentimental, no quiero preocuparla en demasía.

 Al parecer, Luis se dio cuenta de que quiere a Ana desde el incidente en el hospital. Se dio cuenta de que no quería perderla y se le declaró a los pocos días. Ahora está constantemente con Ana, ayudándola y apoyándola en todo.

 Quedan cuatro días para la cena de Nochebuena. Vamos finalmente a casa de mi hermana y pasamos allí la noche para celebrar la Navidad también.

 Cuando abro el portal, siento el aire frío de las mañanas de diciembre. Enfrente, está aparcado el coche de policía que me llevará a declarar de nuevo. Allí está Andrea, que me acompaña a todos los sitios que puede. No me siento sola, cosa novedosa para mí, y eso me hace sentir mucho mejor.

 Llegamos a la comisaría y tras, aproximadamente, una hora y media, volvimos al coche que nos llevará de vuelta, pero esta vez al *Federico*. Para no pensar mucho en el tema de Pedro, de Ana ni en el de mi hermano, me he incorporado al trabajo. Aunque hay que reconocer que no quiero estar sola en casa. Eso casi me pesa más que cualquier cosa. Además, allí me siento acogida por mi jefe, mis compañeros y Andrea...; haciendo lo que más me gusta... Cocinando la especialidad de la casa.

 Vuelvo a casa a eso de las cinco y media, con el policía a cuestas, por supuesto. Andrea sigue en el restaurante haciendo inventario y yo necesito darme una ducha para despejarme, así que voy hasta el baño sin ganas, soltando el moño que me recoge el pelo. Enciendo la luz y mirándome al espejo me froto los ojos... los tengo bastante cansados. Enciendo el grifo del agua caliente y me meto en la ducha.

Tras unos minutos, salgo de la ducha, del baño y apago la luz. Me dirijo al salón. Me siento en el sillón, apoyo la cabeza en el respaldo y, de lo cansada que me encuentro, me quedo traspuesta.

Al poco tiempo, me despierto por culpa del teléfono... Es un número oculto. Por un momento, dudo si cogerlo, pero al final contesto:

—¿Sí?...

—Hola Julia. Soy Pedro. ¿Qué tal estás?

Mi mirada se pierde en la nada intentando dar una explicación a lo que está sucediendo. Pedro me está llamando. Mi corazón se ha paralizado... ¿estoy hablando con un... asesino?

—Julia... ¿estás ahí? —repite Pedro con confusión.

—Sí, sí... Perdona. Pues como siempre, y ¿tú? —contesto intentando disimular.

—Bien, pero ese «como siempre» no suena muy convincente. ¿Quieres quedar y hablamos de cómo nos va la vida?

No doy crédito a lo que estoy escuchando al otro lado de la línea telefónica, pero tengo que dar una respuesta rápida y concisa. No tiene que sospechar nada de todo el plan que seguramente se esté urdiendo en la comisaría de policía mientras nosotros hablamos. Sé perfectamente lo que tengo que decir; lo he preparado con el sargento Conesa muchas veces... pero... es la hora de la verdad y tengo mucho miedo.

—Sí, por supuesto. ¿Cuándo quieres que nos veamos?

—Pues esta misma noche. Si te viene bien, claro…

—Vale —respondo tajante para que no se me notase el miedo en la voz.

—Pues a las diez me paso por tu casa. Además, seguro que recuerdas cuál es mi cena favorita. Hasta luego, guapa.

No puedo reaccionar a su última contestación porque inmediatamente él cuelga el teléfono. Me siento confusa. Esta situación me suena de algo. Quizás sea un *déjà vu* de esos que dicen. Aunque esta conversación la he escuchado o vivido antes. Estoy segurísima.

Tras unos minutos analizando la conversación, me doy cuenta de que me suena tanto porque lo he soñado antes.

Una llamada al móvil me saca de mis pensamientos. En la pantalla aparece el nombre *CONESA*.

—¿Sí?

—A ver, tenemos que actuar rápido… no tenemos tiempo. Es todo muy precipitado. No hemos podido localizar la llamada para poder interceptarle antes de que llegue porque ha colgado muy rápido, así que tienes que estar preparada. Voy para allá.

Otra vez me dejan con la palabra en la boca. ¿Es real entonces? ¿No es un sueño? ¿Es la realidad y por fin tendré todas las respuestas que necesito? ¿Esas respuestas serán que Pedro es un… asesino?

CAPÍTULO 18
LA CITA

Julia

Estoy muy nerviosa por la «cita» con Pedro, esa que ya he soñado hace unas cuantas semanas. Pienso si tengo que hacer lo mismo que en el sueño o no. «¿Debo realmente hacerle la cena que le gusta? No se lo merece...». Pero, solo dudo unos instantes más antes de decidirme. Sé que si lo he soñado antes es que algo de premonitorio tiene y, por lo tanto, tengo que hacer lo mismo o al menos parecido. Esta vez me ducharé antes de hacer la salsa.

Me dispongo a cocer los *spaghetti* y marcar las albóndigas, y después me voy a la ducha. Mientras me cae el agua por el cuerpo, sé que esto es algo más que un sueño premonitorio, tengo una sensación superextraña. Intento no pensar en ello para poder disfrutar del poco tiempo de ducha que me queda.

El huevo que tengo como temporizador suena. Salgo de la ducha lo más rápido que puedo sin arriesgar mi vida y me pongo el albornoz y una toalla para que no escurra el agua del pelo. Saco un vaso del armario para servirme un poco de zumo de naranja. Voy preparando la salsa de tomate mientras tarareo una canción... «¿Qué canción es? No me la saco de la cabeza». Solo son dos frases las que tarareo, pero no tengo ni idea de cómo se llama la canción. «Bueno, da igual... Eso es lo de menos».

Dejo las albóndigas dentro de la salsa de tomate para que terminen de hacerse, lentamente, mientras me visto. «¿Me pongo lo mismo que en el sueño? ¿Eso no es demasiado?».

Me siento en la cama y suspiro: no sé qué hacer... no sé qué ponerme... no sé cómo debo actuar cuando vea a Pedro. Esto, definitivamente, no es un sueño, es muchísimo peor que cualquiera de mis pesadillas, esas que tengo tan asiduamente. No sé cómo enfrentarme a esto, tengo mucho miedo. Esta vez, no puedo despertarme de repente, sino que tengo que convivir con cada uno de los segundos en los que estaré frente a él.

Al final, y sin pensarlo, me pongo la camiseta negra y los vaqueros.

Voy hacia la cocina y mezclo los *spaghetti* con la salsa y las albóndigas. Huele muy bien... como siempre que cocino esta receta. «¡Cuántos recuerdos me trae esta receta! ¡Y cuántos quebraderos de cabeza!».

Miro el reloj de la cocina: parece que no pasan los minutos. Me estoy poniendo muy nerviosa. Estoy mucho más nerviosa que cuando empezaba el colegio por primera vez o la primera vez que me besé con Andrea.

Pienso en llamar o escribir a mi novio, pero quizás eso me pondrá aún más nerviosa. Tampoco puedo comunicarme con Miguel Conesa, por si tiene que tener activos y sin ocupar los teléfonos.

Vuelvo a mirar el reloj, apenas han pasado diez minutos. Repaso una y otra vez el plan que he estado hablando con los agentes y con Conesa. Simplemente tengo que estar con él un rato, mientras cenamos o quizás menos. Hay un micrófono debajo de la mesa por si las cosas se ponen chungas o por si pueden utilizar algo después, en su contra por supuesto.

Pienso si maquillarme por pasar un poco el tiempo... «¿Para qué? Mira, Julia... es que eres tontísima... ¿Para qué te vas a maquillar para esa persona que ha pasado de ti durante tanto tiempo y que encima podría ser el asesino en serie que mató a tu madre? Bueno... a tu madre biológica».

De repente, me empiezo a poner aún más nerviosa... No he pensado hasta ahora, desde al menos esta mañana, que Pedro es un asesino... bueno, todavía no se sabe... Tengo miedo, aunque realmente no lo parezca. Mantengo el semblante serio y me fijo en las agujas del reloj de pared.

Finalmente decido maquillarme... «¿Por qué no?», pienso mientras voy al baño. Me intensifico las pestañas con rímel y me pongo un labial granate, con mi tono de piel, me queda bastante bien esa tonalidad de colores.

Vuelvo a la cocina y llevo la cena a la mesa del comedor. Miro de nuevo el reloj. Pedro debe estar al caer.

Y no me faltó razón, a los diez minutos suena el timbre de casa, pero es de la puerta de arriba... nadie ha llamado al telefonillo. Entonces, automáticamente pienso que puede ser Conesa para darme las últimas instrucciones. Voy hacia la puerta y abro. Me topo con un Pedro mucho más canoso que cuando le conocí hace un año y pico, y con muchas más patas de gallo. Está mucho más estropeado físicamente, pero sus ojos siguen transmitiéndome lo mismo, aunque nunca supe qué era.

Sin saludarme siquiera, Pedro se agolpa hacia el interior de mi casa cerrando la puerta tras de sí y empujándome sin querer.

No puedo dejar de observar ojiplática la escena que estoy viviendo, parece de telenovela. Aunque también me da por pensar, ya que Pedro parece asustado. Está algo pálido y sudoroso a pesar del frío que hace fuera. Nunca habría pensado que mi reencuentro con él iba a ser así. Definitivamente es realidad, no un sueño. Tengo miedo a preguntarle qué pasa, porque yo misma tengo miedo a la cita... pero me armo de valor.

—Pedro, ¿qué pasa? —pregunto preocupada.

—¡¡¡¡Me están siguiendo!!!! —contesta atemorizado.

—¿Quién te está siguiendo? No entiendo.

—Vamos a sentarnos, tengo... muchas cosas que contarte.

Empiezo a entrar en pánico, pero no puedo mostrarlo exteriormente por si se da cuenta y le da por matarme. Me siento en una silla y, como siempre que estoy nerviosa, empiezo a mover la pierna como un muelle.

—¿Qué te pasa, Julia?

— Nada... Pero... quizás... deberías sentarte...

— Espera que te explique... Necesito mirarte a los ojos bien cerca cuando te lo diga...

Pedro se acerca hasta casi tocarme, pero de repente alguien abre la puerta y se abalanza sobre él tirando todo lo que hay en la mesa, incluida la fuente con los *spaghetti* con albóndigas que he preparado. Son dos agentes al servicio de Miguel Conesa. Mientras uno forcejea con él, apoyando el pecho de Pedro contra la mesa, el otro le pone unas esposas y le advierte de que permanezca en silencio hasta estar en presencia de un abogado. Procede a leerle sus derechos, aún forcejeando.

Mientras tanto, observo la escena llorando desconsolada y, a la vez, atemorizada. No puedo creer realmente que Pedro sea un asesino, no lo veo en sus ojos, pero las pruebas dicen todo lo contrario.

Mientras lo llevan hacia el quicio de la puerta, se encuentran nuestras miradas, una llena de lágrimas y la otra llena de terror. Pero, al cruzar la puerta escucho algo, aunque no lo he llegado a entender del todo:

—¡¿Para esto querías hablar conmigo?! ¡¿Por qué me... la...?!

«No entiendo nada. Claro que quería hablar con él, pero él realmente no lo sabía, ¿no? ¿Qué ha dicho luego?». El llanto se convierte en lloradera con hipo, me duele el pecho y no puedo parar de pensar. En ese momento, aparecen Conesa y Andrea. Entonces, me abalanzo sobre este último para abrazarlo mientras él me acaricia el pelo diciéndome que todo saldrá bien.

Cuando pasa el tiempo de rigor, Conesa me informa de que se llevan a Pedro a comisaría y que ya me llamará, les espera un interrogatorio bastante largo. Se marcha de mi casa y me quedo con Andrea, bastante desolada; sigo llorando un rato más para desahogarme, ¿por qué no?

CAPÍTULO 19
EL INTERROGATORIO

Conesa

Acabo de salir de casa de Julia. Creo que además la he dejado en buenas manos, Andrea es un buen chico. Voy caminando por la calle hasta mi coche mientras pienso en cómo asumir el interrogatorio. Estoy a punto de conseguir resolver el misterio del asesino del «Camisón Morado». Este caso lleva nada más y nada menos que aproximadamente unos 20 años en auge. Nunca se llegó a coger al culpable de los asesinatos en serie de una decena de prostitutas en moteles de carretera.

Precisamente, el asesinato de la madre de Julia y Quique fue el último que se dio. A partir de ese momento, no se supo nada más sobre él, ni se asoció ningún asesinato u homicidio a su *modus operandi*. Es muy raro, sí, pero cosas más raras he visto en mi vida dentro del cuerpo de policía.

Ese caso me hizo ascender dentro del cuerpo de policía y fue un día muy reseñable en mi vida. Nunca olvidaré lo que sentí cuando salí con Quique de la mano y con Julia en brazos de aquel motel, el de al lado del *Stacey's*. Por eso, me afecta bastante el hecho de que el asesino haya vuelto a actuar después de 20 años y en el mismo sitio. Obviamente con el mismo *modus operandi* y eso no me puede volver más loco. «¿Por qué un asesino vuelve a actuar después de 20 años? ¿Puede ser un ayudante, un seguidor, que siga sus métodos?», pienso sin parar.

Monto en el coche y arranco. Ya de camino a la comisaría, sigo pensando en esta última posibilidad, sería la más lógica, aunque mis ansias por coger al asesino de esas 11 mujeres me puede más que lo que manda la cabeza.

Intento no pensar en muchas cosas antes de llegar, mi cabeza no para de dar vueltas alrededor del camisón, de Pedro, de Julia… Intento respirar hondo y relajarme.

Por fin llego a la comisaría, entro, doy el parte en recepción y me dirijo a la sala de interrogatorios 4, allí es donde Pedro está esperando. Antes de abrir la puerta respiro profundamente, inspiro y expiro. Agarro el pomo y entro. Cierro la puerta, conmigo va a estar un agente junto a la puerta, por si acaso, aunque realmente mi intuición me dice que no hará falta. Aquí está Pedro, despeinado y canoso, con los ojos rojos, hinchados, ojeras bastante pronunciadas y barba de unos cuantos días. Está esposado con las manos encima de la mesa y, por sus nervios, mueve con rapidez su pierna izquierda.

—Buenas noches —saludo a Pedro con la mirada fija en él.

—…

—¿No vas a decir nada? ¿Ni por educación siquiera?

—… Buenos días, … señor… —saluda desganado.

—Conesa, Miguel Conesa. Encantado Pedro. Esta noche va a ser muy larga y lo será más si no colabora conmigo. ¿De acuerdo?

—Vale... —suelta en un suspiro—. ¿Me podéis quitar las esposas? Me duelen las muñecas.

Dudo. Ante sus ojos solo puedo permitirle confesar sus actos sin ellas.

—Está bien. Ramírez, por favor, quítele las esposas. —Mientras, me deshago del abrigo y saco mi libreta, en la que apunto todo—Gracias. Incluso, ¿sabe qué, Ramírez? Puede retirarse.

—¿Seguro? —pregunta sorprendido el agente.

—Sí, claro. Déjanos a solas, por favor.

El agente Ramírez sale de la sala de interrogatorios cerrando la puerta. Vuelvo a mirar a Pedro a los ojos y comienzo con lo primero que se me ocurre. Necesito cotejar primero varios datos que me han entregado en recepción.

—Bien. Usted es Pedro Salamanca Sánchez, nacido el 5 de junio de 1987. De estado civil... casado con Silvia González Hernández y con dos hijos... Lucas y María. ¿Estos datos son correctos?

—Sí, claro.

Se hizo un momento de silencio. Sigo mirando y anotando en los papeles. Por la fecha de nacimiento, Pedro tiene 33 años, aun así, cuadra perfectamente con la descripción de Julia y de Andrea. Es una persona que no es mayor, obviamente, pero que por su apariencia perfectamente podría hacerse pasar por una persona de, aproximadamente, unos 40 años. Está muy desmejorado, sin duda.

—Bien, Pedro, entonces, ¿me confirma que tiene la edad de 33 años?

—Sí, claro, ¿cómo podría falsificar eso? —pregunta aturdido.

Ante esta afirmación, la teoría de que sea el asesino del «Camisón Morado» que han buscado desde hace aproximadamente 25 años es totalmente imposible. Pasamos a la segunda teoría, que sea un seguidor del asesino o que haya querido imitar su *modus operandi* para desviar la atención de la policía hacia otro lado.

—Vale. Vamos a ver, necesito que me narre, con toda la sinceridad de la que se vea capaz, lo que sucedió la noche que asesinó a Laura, trabajadora y prostituta del *Stacey's* hace unas semanas.

—Bueno... yo... estoy muy mal. No me encuentro bien. Tomo pastillas y...

—Vale, Pedro, míreme, por favor. No se ponga nervioso. Solamente intente relatarme todo lo que sucedió. Incluya si puede lo que sintió, aparte de los hechos. Acabemos cuanto antes con esto.

—Bueno, yo... Me acuerdo de estar en el bar, paré porque era muy tarde y estaba muy angustiado. No quería tener un accidente, me faltaban horas para llegar a mi casa y bueno... pensé que sería buena idea... Bebí unos cuantos cubatas, no me acuerdo de cuántos, no llevé la cuenta. Recuerdo que... Laura, nunca me voy a olvidar de su nombre... —Comienza a llorar desconsolado—... se puso a hablar conmigo y a consolarme.... Me... Me acompañó a la habitación y follamos, nunca había sido... pff... fui infiel a mi mujer y no lo pretendía, no era consciente de lo que hacía, ¿me entiende?

—Lo entiendo, Pedro. Continúe, por favor.

—Bueno, después recuerdo levantarme de madrugada bastante nervioso y sudando, me levanté a la ducha. Al rato, Laura y yo volvimos a follar mientras me duchaba. No la violé, lo prometo, fue de mutuo... acuerdo... incluso usamos condones —sigue declarando desconsolado.

—Lo sé, el forense no ha encontrado ningún tipo de agresión sexual.

—Vale, ... vale, vale. Bueno, después volvimos a la cama y lo único que recuerdo es que, de repente, me volví a despertar y vi por las lamas del estor del motel que aún era de noche, se veían los faros de los coches y las luces del bar, con grandes... grandes colores... chillones... por la ventana. Intenté volver a dormirme, quería descansar, pero de repente sentí ira, sentí algo dentro, fuerza, no sé... y de repente, estaba encima de ella... y... tenía los ojos abiertos, con el rímel corrido... no... no... no sabía por qué. No sé cómo llegué a... no sé...

—Vale, tranquilo, Pedro. ¿Quieres agua?

—Sí, por favor.

Abro la puerta de la sala de interrogatorios y le digo a Ramírez que me acerque un par de vasos con agua. Cuando me los acerca, vuelvo a cerrar la puerta, me siento y le ofrezco uno a Pedro.

—Grac... gracias.

—No hay de qué. Continúe.

—Pues... bueno... de repente la vi allí, desnuda, no encontraba su ropa... yo... yo llevaba un maletín de trabajo... porque, ¿sabe? Yo trabajo de comercial de artículos de lencería y bueno... ese tipo de prendas... y bueno, tenía ahí el maletín y le puse un camisón y la metí en la bañera.

—Vale, Pedro. ¿Fue usted consciente del color del camisón en algún momento? ¿Es usted consciente de que ha utilizado el mismo *modus operandi* que un asesino en serie que actuó hace 20 años?

—No, no, simplemente... bueno, no sé. Yo abrí el maletín, había muchos... tenía rojos, morados, negros... no sé, cogí el morado y se lo puse. No quería dejarla.... dejarla...

desnuda... Por Dios, no me puedo perdonar lo que he hecho... Dios mío...

—Vale, tranquilícese. A ver, todo lo que me ha contado cuadra, pero... ¿qué hacía usted en un motel de carretera tan lejos de su casa, dos días antes de Nochebuena y tan angustiado por la noche? Vamos paso por paso.

—Bueno, yo... a ver cómo le puedo explicar esto... yo bueno, no tengo ningún interés en ninguna otra mujer, Silvia lo es todo para mí, y, además, tengo hijos, usted lo sabe, pero bueno... conocí a Julia y... ... y... bueno, necesitaba estar con ella. Es alegre... empática... hablábamos a menudo, no sé. Coincidí con ella porque vinimos a visitar a unos familiares de Silvia y... había cine de verano, de mi película favorita de dibujos... La dama y el vagabundo... ¿la ha visto?

—Sí, claro, la he visto.

—Bueno, pues enseguida, bueno, quise verla casi todos los días aunque no podía... y bueno, hacía viajes mucho más frecuentemente, no tanto por trabajo sino por verla... pero... yo le juro que nunca le puse una mano encima, ni la besé, ni siquiera tenía intenciones más allá de una amistad con ella... y... le juro que nunca le haría daño... me fui por no hacérselo... tiene que creerme.

—¿Hacerla daño? ¿Por qué?

—Bueno, es que cuando le fui a dar un regalo de Navidad, tuve la misma sensación de cuando estaba en el motel. Tuve miedo de mí, no sé por qué, fue pura intuición, me fui sin más.

—Se lo voy a volver a preguntar. ¿Es consciente de que utilizó de nuevo el camisón morado como marca regalándoselo a Julia por Navidad?

—¿!Qué!? ¡¡¡¡¡No, no, no, no... no, no!!!!! ¡¡Imposible!! Era un camisón rojo, alguien debió cambiarlo.

—Vale, escuche, se está alterando. Relájese. ¿Vale?

—Vale, vale... —Pedro tomó otro trago de agua.

—Me ha dicho que toma pastillas. ¿Qué pastillas? ¿Por qué?

—Pues... verá... yo tuve depresión, ansiedad... intenté suicidarme y bueno... me dieron muchas pastillas... Cuando conocí a Silvia y tuvimos a los niños me fui encontrando mejor y... bueno... tomo menos... aunque desde hace dos años o así he vuelto a recaer, y tomo más pastillas...

—No duerme bien, ¿verdad?

—No duermo ni bien ni mal... a veces no duermo, sin más. Mi cabeza no deja de formar ideas catastróficas en mi cabeza. Sobre mi pasado... mis familiares... mi... no sé... —Pedro vuelve a llorar desconsolado.

—Vale, Pedro, escúcheme. El agente Ramírez le va a acompañar al calabozo para que pueda descansar algo. Gracias por hacer todo más fácil. Contactaré con un doctor y pasará a verle mañana por la mañana.

—Graacc... gracias.

—No hay de qué. Además, mañana nos llegan los resultados de los análisis de sangre y toxicológicos y más informes sobre usted. Intente descansar.

Salgo de la habitación y dejo a Ramírez a cargo de Pedro. Creo que yo también necesito ir a casa. Echar una cabezada y volver mañana con más energía. Tengo un duro presentimiento.

CAPÍTULO 20
TODA LA VERDAD Y NADA MÁS QUE LA VERDAD

Pedro

Es por la mañana, estoy sentado, esposado y con las manos apoyadas en la mesa. Mis dedos, entrelazados entre sí, están inquietos, aunque mi rostro muestra resignación. La habitación es pequeña y sin ventanas; la sala se ilumina por una luz fluorescente parpadeante, la cual crea bastante incomodidad en mis ojos.

Ayer por la noche me desahogué con Conesa. En el fondo, me siento aliviado porque ya no aguanto más la vida que estoy llevando. Me estoy engañando a mí mismo o peor aún... no estoy siendo yo mismo. Aunque llevo sin serlo mucho tiempo. Lo que sí que tengo claro es que a ella jamás le haría daño. A Julia no.

Me sobresalto cuando la puerta se abre, apareciendo el sargento Conesa tras ella con otro agente totalmente desconocido para mí. Se sienta de frente en otra silla y con un profundo suspiro susurra contundente:

—Quique... ¿por qué?

Me quedo ojiplático y empiezan a caerme lágrimas sin control por las mejillas. Agacho la cabeza y sigo sollozando.

—No le quiero hacer daño, no le quiero hacer daño, no le quiero hacer daño, no le quiero hacer daño —repito mientras lloro y hago un movimiento repetitivo balanceándome.

—Y ¿por qué me engañaste ayer? —pregunta Conesa con angustia.

—No quería mentirte... tenía miedo de que no me reconocieses y que me metieses en la cárcel —contesto nervioso.

—Ha pasado mucho tiempo, Quique. Obviamente por tu aspecto no voy a saber quién eres, pero siempre has estado presente en mis pensamientos. Podrías habérmelo contado desde el principio. No solo me considero tu protector, también fui tu amigo.

—Lo sé, lo siento. Debería haberte contado la verdad —contesto sollozando de nuevo—. A Laura tampoco le quise hacer daño... ¡¡¡Lo juroooo!!!

—Lo sé, lo sé... estás enfermo. Has matado a una mujer, Quique. No estás bien. Vas a tener que ser ingresado de nuevo. Lo siento, pero creo que es la mejor opción, necesitas ayuda.

—Lo siento. —Me pongo a sollozar—. Yo siempre he sido Quique, ese es el problema... Siempre seré ese niño. Ese niño escondido en ese puto armario. Con rejillas. Lo vi ahí. Con mi madre. Lo vi todo. No podía hacer ruido. No podía hacer ruido. Julia. Julia. Julia...

—Quique, mírame. Tranquilo y cuéntame todo. Cuéntame la verdad de cómo conociste a Julia. TODO. Confía en mí como lo has hecho siempre, cada vez que iba a verte. Dime toda la verdad y nada más que la verdad.

Conesa manda salir al otro agente para quedarse a solas conmigo, como la noche anterior. Ese Quique que hace años que intento dejar atrás ha vuelto, realmente, nunca lo he olvidado. Conesa siempre ha confiado en mí, pero le he fallado. He asesinado a alguien, a alguien que no lo merecía, a alguien que me recordaba lo que años atrás viví como víctima.

CAPÍTULO 21
QUIQUE

Julia

Tengo la cabeza como un bombo. Solamente he dormido a ratos y mal. Andrea me tiene abrazada por detrás, pero aun así no me siento protegida; hoy no. No entiendo nada de lo que está sucediendo. «¿Por qué a mí?», pienso.

De repente, mi móvil comienza a vibrar en la mesilla de noche y en la pantalla iluminada aparece el contacto entrante: Conesa. Lo cojo con rapidez y respondo la llamada.

—¿Sí?

—Hola, Julia. En veinte minutos paso a recogerte.

—Vale. Pero...

No me da tiempo a preguntar para qué, aunque ya me lo supongo. Conesa parecía bastante serio y ha cortado la llamada con demasiada rapidez, al menos en comparación con lo que suele ser habitual en él. Me levanto, entro al baño, me visto sentada en la cama y le digo a Andrea que me voy con Conesa.

—¿Te acompaño? —pregunta aún con legañas en los ojos y medio incorporándose.

—No, no. Es mejor que vaya sola.

—Vale, ten cuidado —responde tras darme un beso.

Voy hacia la cocina y me sirvo un vaso de mi típico zumo de naranja cuando, de repente, suena el timbre. Es Conesa diciéndome que me espera abajo, que no tarde.

Me tomo el zumo de un trago y salgo tras coger las llaves. Está esperándome dentro de su coche, en doble fila, así que aligero el paso. Nos saludamos y pone el coche en marcha. Durante el trayecto, no hay ninguna conversación relevante. Me da miedo preguntar y confirmar mis sospechas.

Al ver que pasamos de largo la comisaría, le pregunto asustada:

—¡¿Dónde vamos?!

—Vamos a hablar...

Tras otros quince minutos de viaje, se empieza a ver un edificio muy grande y con aspecto austero. Lo miro embelesada, me llama la atención y no sé muy bien por qué. Siento como que esta situación ya la he vivido, pero como tengo tantos sueños, a veces no sé lo que es real.

Miguel Conesa aparca el coche y después salimos. Primero él y luego yo. Hace frío. Normal para las fechas en las que estamos.

—Vamos a la cafetería. Te invito a un café. Te tengo que contar muchas cosas.

Mientras nos vamos acercando por el camino de piedras, por fin puedo ver el letrero del edificio: *Psiquiátrico San Ugarte*. Miro a Conesa, pero él sigue con la mirada absorta, mirando al frente. Estoy bastante angustiada, pero confío plenamente en él. Me ha ayudado mucho.

Llegamos a la cafetería y me siento en una de las mesas mientras Conesa pide los cafés. No sé qué pensar. Solo miro alrededor, a la gente que hay aquí. «¿Qué hago aquí? ¿Por qué me ha traído a un psiquiátrico? ¿Cree que estoy loca?», pienso. Pero pronto mis pensamientos se cortan de golpe, ya que Miguel se ha sentado enfrente de mí y comienza a hablar.

—Escúchame atentamente y no te pongas nerviosa.

—Eso me pone más nerviosa —respondo angustiada—. No estoy loca, Miguel. No me metas aquí, por favor.

Una carcajada de Miguel hace que varias personas de la cafetería se giren, pero, a la vez, hace que me relaje un poco. Saca un papel de su bolsillo y lo pone sobre la mesa.

—¿Qué es eso? —pregunto confusa.

—La explicación que has estado buscando. Abre el papel y dime qué es.

—¡Es la carta que redactamos para encontrar a mi hermano! ¿No la enviaste? —pregunto preocupada y con los ojos vidriosos.

—Sí, la envié... pero ha vuelto a ti.

—¿Qué pasa? ¿No quiere saber nada de mí? —pregunto ya con una lágrima en la mejilla.

—No, te la llevó él en persona. Lo que pasa es que no sabías que esa persona era él y no te la pudo dar por las circunstancias.

—No entiendo nada, Miguel. ¡Me estoy poniendo muy nerviosa!

—Menos mal que te he pedido un café descafeinado.

Miguel me coge de las manos y me las aprieta fuerte.

—¿Estás preparada?

Yo simplemente asiento con la cabeza porque no puedo articular palabra.

—Pedro es Quique, tu hermano.

Noto cómo se me aflojan las manos. Empiezan a caerme lágrimas por las mejillas, sin parar. Simplemente no puedo hablar. Parezco atónita... como si hubiera visto un fantasma. De repente, me falta el aire. No puedo respirar. Miguel se cambia de silla y me acaricia la espalda para intentar tranquilizarme.

Poco a poco, fui recobrando el color, aunque seguro que ha sido por el bocadillo de tortilla que me he metido entre pecho y espalda, cuando ya me fui encontrando algo mejor.

Entonces, Miguel Conesa continúa hablando y, esta vez, parece que para contarme todo.

—Tu madre te traía aquí cuando solo eras una niña a visitar a tu hermano. Él estaba aquí por los daños psicológicos que le causó presenciar la muerte de vuestra madre biológica. Dejaste de venir cuando falleció Irene, desgraciadamente, pero yo seguí viniendo día tras día hasta que salió de aquí con otra identidad. Ya sabes... lo que te conté de la protección de testigos. El caso es que le perdí la pista y siempre he querido volver a saber de él, pero el protocolo no me lo permitió en su momento y, además, íbamos tras la pista del asesino de tu madre, el cual también asesinó a más.

Sigo sin pronunciar palabra, atenta a todas las cosas que me está contando. No me lo puedo creer. Le he tenido tanto tiempo al lado y sin saber quién era realmente.

—Él me contó ayer por la noche que su misión era encontrarte. Nunca dejó de buscarte. Se hizo comercial para tener movilidad y conseguir su objetivo; hasta que al final te encontró. Ah, por cierto... Lucas es su hijo... con lo cual es tu sobrino, junto a María. Me contó cómo te conoció en el cine de verano y muchas más cosas.

—Y ¿por qué me regaló el camisón morado? —pregunto asustada.

—Quique me estuvo contando que su hija María, justo la misma tarde en la que había quedado contigo para darte el regalo de Navidad, estuvo revolviendo y probándose los productos del muestrario que él vende. Y como llegaba tarde lo guardó descolocado. Realmente el camisón morado no era para ti, no era tu regalo. Me confesó que era un camisón rojo, ya que sabía que era tu color favorito. Lo he corroborado y su mujer, Silvia, me lo ha confirmado. María es una revoltosa.

—Y ¿por qué esa noche desapareció de repente si ya me había encontrado? —pregunto llorando de nuevo.

—Sus problemas psicológicos no han desaparecido nunca. Aunque realmente se reavivaron porque al estar a oscuras en el local en el que trabajas, el neón de fuera dejó traslucir la luz por las rendijas de las lamas. Entonces, él revivió la escena de dentro del armario. A partir de ahí empezó a empeorar y a tener crisis nerviosas. Insomnio, pesadillas, pánico... Y esto desencadenó en lo más triste: él sí que mató a la chica de la noticia que salió recientemente en la televisión. La chica del club *Stacey's*. Laura se llamaba. Pero solo ha sido esa. Casualmente le puso un camisón morado, sin segunda intención, pero eso fue lo que nos hizo reavivar al asesino en serie anterior. Todos creíamos que había vuelto a las andadas y que, por lo tanto, Laura era otra víctima más del hostal al lado del *Stacey's*, como lo fue tu madre y otras compañeras suyas. Pero no, fue tu hermano quien la mató. Es más, me acuerdo que dijiste que todo el mundo te decía que era un hombre bastante mayor que tú, eso se debe al deterioro por las pastillas y las noches sin dormir. Quique no está bien y necesita reingresar en el psiquiátrico. Por eso estamos aquí hoy.

—¿Puedo verlo? —pregunto tras varios segundos sin decir nada.

—Creo que sí... Vamos a la recepción.

CAPÍTULO 22
EL REENCUENTRO

Julia

Subimos al ascensor y Miguel pulsa el botón correspondiente a la cuarta planta. Intento tranquilizarme mientras pienso qué voy a decirle a Pe... a Quique. Tras unos momentos, el ascensor se para anunciando la planta deseada y salimos. Conesa me dirige hasta la recepción para facilitar el documento de identidad para poder visitar al paciente. Tengo que rellenar un formulario de visita y demás papeles; y cuando pongo en parentesco «hermana», me empieza a temblar el pulso.

Cuando nos dieron permiso para ir hasta la habitación, empezamos a andar por el pasillo. Todo es muy blanco. Demasiado blanco. Como en mi sueño. Cruzamos una esquina y vimos a dos agentes en una puerta, así que supuse que esa sería la habitación de mi hermano. Los policías nos permiten la entrada y es Conesa quien abre la puerta, intentando protegerme de primera mano.

—Te traigo a alguien —dice Miguel Conesa con cariño.

Se hace a un lado y me meto en la habitación hasta aparecer en el umbral de la puerta. Quique está sentado en un butacón al lado de la ventana, donde tiene unas vistas maravillosas a un pinar. La habitación también es muy blanca, aunque la decoran ciertos cuadros bastante abstractos. La ventana, aun con buenas vistas, tiene barrotes para evitar la fuga o suicidio de cualquier interno. Es bastante triste, pero la seguridad está ante cualquier cosa.

Quique se levanta y se me queda mirando quieto, con miedo, con ojos vidriosos. Nos separa un metro de distancia. Nadie dice nada ni da un paso en falso. Le correspondo con los ojos humedecidos.

Entonces, como si algo me saliese a borbotones de dentro, me abalanzo sobre Quique abrazándolo mientras lloro a mares. Él también comienza a llorar. Incluso a Miguel Conesa se le escapa alguna lagrimilla, pero coge un pañuelo y enseguida le pone remedio. Estuvimos así varios minutos, sin separarnos. No dejamos de llorar en ningún momento, pero tampoco podemos dejar de abrazarnos. Son muchos años sin saber y por fin sabíamos. No me esperaba **el reencuentro** así, pero ha sido una de las mejores cosas de mi vida.

Entonces, nos sentamos en la cama y comenzamos a hablar. Todo lo que no nos hemos contado en estos años, nos lo estamos contando ahora, como dos adolescentes que se ponen al día en cotilleos.

CONESA

Los miro desde la butaca en la que antes estaba sentado Quique. Sé que he hecho bien trayendo a Julia a visitarlo. Le ayudará en su recuperación, pero obviamente tiene una condena que cumplir dentro del psiquiátrico y así, por fin, conseguir la paz que desea y que no tiene desde los ocho años.

    Se lo merece. Fue muy cruel lo que le pasó y jamás lo olvidará, pero el pasado siempre está y hay que aprender a convivir con él mientras vives el presente.

    La charla se alarga durante horas, hasta la hora de la comida. Le prometo que vendré a verle todas las veces que me dejen junto a Julia. Se abrazan varias veces más y se despiden hasta la próxima.

    Pasará mucho tiempo o quizás no, pero Julia y Quique ya saben que se tienen para siempre.

EPÍLOGO

Julia

Una Navidad más tarde. 25 de diciembre de 2021

Llamo al timbre de casa de mi hermana con Andrea a mi lado. Lucía abre la puerta muy eufórica. Traemos paquetes que Papá Noel ha dejado en nuestra casa que, por cierto, es nueva. Andrea y yo nos mudamos en verano a una casa más grande por las expectativas que tenemos en el futuro. Llegamos superpuntuales, como siempre.

—¡¿Son todos para mí?!

—No, cariño. También son para mamá y papá, por ejemplo.

—Pues vaya rollo... —contesta enfadada Lucía.

Entramos dentro. Huele maravillosamente. Nos pasamos por la cocina y vemos que el marido de mi hermana cocina hoy. Está haciendo bastante cantidad de comida, ya que este año vamos a ser muchos. Andrea le ofrece a mi hermana una botella de vino que hemos traído y salimos.

Dejamos los abrigos en el perchero y los paquetes debajo del árbol de Navidad que está adornado con muchísimos colores. Seguro que esto es obra de mi sobrina, no me cabe la menor duda.

Ayudamos a poner la mesa y algunos entrantes. Como ya he dicho, este año vamos a ser muchos, así que hay mucha cubertería que poner.

Y, de repente, llaman al timbre. Esta vez voy yo a abrir. Es Silvia con los niños, Lucas y María. Traen también algunos regalos. Los niños están emocionados, nunca han estado en una comida de Navidad con tanta gente, ya que Silvia no tiene hermanos. Dejamos todo y los niños suben a jugar con Lucía a la habitación.

—¿Qué tal está Quique? —pregunto con entusiasmo.

—Bueno, bien... Está con medicación y con varias terapias y grupos de actividades. Va mejorando —contesta Silvia con algo de melancolía.

—Y ¿qué tal estás tú?

—Bueno, llevándolo como puedo. Por los niños tengo que intentar llevar una rutina normal.

Entonces, nos fundimos en un abrazo. Un gran y largo abrazo.

Charlamos un rato hasta que de pronto vuelve a sonar el timbre. Esta vez abre Marta. Todos esperamos en silencio en el salón. Sabemos quiénes son las personas que faltan, pero dijeron ayer que llegarían más tarde. Me asomo al quicio de la puerta mientras Marta abre y es Quique con dos policías de escolta; finalmente le han dado permiso para la comida de Navidad. Pasarán a recogerle después de cuatro horas. Entra y saluda a Marta con dos besos, pero al entrar en el salón se funde en un largo abrazo con su mujer y sus hijos, los cuales ya han bajado y estaban con Lucía leyendo un cuento que le regalé este año por su cumpleaños. Yo también le doy un gran abrazo y, después de los saludos pertinentes, nos sentamos a cenar.

Es la hora de la gran comida: canapés, langostinos, jamón serrano, banderillas, ensaladilla y como plato principal: lechazo.

Cuando terminamos de comer, nos sentamos todos en el salón y Marta y su marido traen bandejas con turrón y cafés.

En ese momento, como si desde fuera se oliese el café, llamaron a la puerta. Voy corriendo a abrir y, obviamente, me encuentro a Ana y a Luis. Traen algún regalo también y, enseguida, los dejan en el árbol. Realmente, les estábamos esperando para proceder con el gran acontecimiento: poner el ángel en lo alto del abeto, como es tradición en nuestra familia.

Entre fotografías, risas y demás empezamos a abrir los regalos. Hay juguetes para los niños, ropa, perfumes, zapatillas y pijamas... los típicos regalos que puedes imaginar en una casa el día de Navidad. Todo es perfecto. Tanta gente unida hace que este año sea el más especial de todos.

Entonces, Ana se levanta y me entrega un sobre con un lazo. Lo abro con emoción y dentro veo una ecografía. Levanto la mirada y veo los ojos de Ana vidriosos.

—Julia viene de camino, cariño —se aventura a revelar Ana.

—¿Y si es niño? ¿Julio?

—No pensábamos contarlo hasta que pasara el primer trimestre, pero creo que este es un momento especial —comenta Luis con una sonrisa.

Todos nos echamos a reír y mantuvimos más charlas y chistes en lo que seguimos abriendo algún envoltorio que otro.

Desgraciadamente, tras cuatro horas llega el momento en el que Quique tiene que marcharse. Se va despidiendo de todos. Uno a uno. Saboreando a cada persona como si no la fuera a ver jamás.

—¡Hasta el año que viene! —grita Quique alegremente.

—¡Quizás te veamos antes! —contesta Andrea ante la sorpresa de todos.

Y, dándose la vuelta, se arrodilla ante mí y saca una cajita. La abro y ahí está el anillo. El anillo que nos compromete para siempre. Todos aplauden mientras nos besamos y abrazamos sellando el compromiso.

Y, mientras los niños cantan villancicos, recibo un mensaje de *WhatsApp*. Es del sargento Conesa:

¡Feliz Navidad! 🎄 🎁

~~Julia, siento tener que decirte esto hoy, pero esto no ha acabado, el asesino del Camisón Morado ha vuelto a actuar y necesito tu ayuda. Creo que tengo una pista de la que tirar.~~ 🚫 *Se eliminó este mensaje*

CONTINUARÁ...

AGRADECIMIENTOS

Lo primero y más importante es dar las gracias a todas esas personas que me han estado apoyando en este proyecto. Mamá, papá, tata, gracias, gracias por todo. Habéis estado aguantando mis comeduras de cabeza con esto de la novela, bueno, y siempre.

Gracias a Óscar, la persona con la que estoy compartiendo mi vida y que, sin ninguna duda, considero de mi familia... Gracias porque, sin duda, eres *hogar*. También mencionar a mis dos gatas: Zelda y Kairi. Sin ellas corriendo por la casa o tumbadas conmigo, nada sería lo mismo.

Gracias a Cris y a Rosi, por aguantarme todos los lunes a la hora de la cena. Por compartir risas y momentos.

Gracias a todas mis lectoras beta. Sin duda, habéis sido una parte superimportante de mi vida y de esta novela en concreto. Gracias por darle una oportunidad y por dármela también a mí. Gracias, definitivamente, por darme ese empujoncito para que este sueño se haga realidad.

Gracias Anabel, desde la distancia que nos separa de Barcelona a Valladolid.

Gracias, también, a Eva Mayro por aguantarme y ayudarme con esos audios interminables. Y, por supuesto, a Roma García, que ha hecho posible este diseño, tanto de portada como de maquetación.

Gracias a los futuros lectores de esta novela, de esta primera parte de una bilogía que espero que os encante y que os dé la capacidad de sumergiros en ella como yo lo hice mientras iba escribiéndola.

GRACIAS.

Printed in Great Britain
by Amazon